스탕달의
아무르
연애론

:: 독자의 글 모음

《스탕달의 아무르 연애론》를 읽고 난 후, 간략하게 느낀 점과 자신의 열정적인 사랑, 미친 듯한 연애 경험담을 jongsoon5364@hanmail.net으로 보내주신 분께는 〈해누리〉에서 출간한 'KBS 책 읽는 밤' 선정도서《쇼펜하우어 사랑은 없다》책을 선물로 드립니다.
아울러 정성스럽게 보내주신 독자의 글 모음은, 향후 선정하여 〈해누리〉에서 한 권의 책으로 출간할 예정입니다.

스탕달의
아무르 연애론

초판 1쇄 | 2014년 1월 15일 발행

지은이 | 스탕달
편　역 | 조종순
그　림 | 황창배
펴낸곳 | 해누리
고　문 | 이동진
펴낸이 | 김진용
편집주간 | 조종순
디자인 | 신나미
마케팅 | 김진용·유재영

등록 | 1998년 9월 9일(제16-1732호)
등록 변경 | 2013년 12월 9일(제2002-000398호)

주소 | 121-251 서울시 마포구 성미산로 60(성산동, 성진빌딩)
전화 | (02)335-0414　팩스 | (02)335-0416
E-mail | henuri0101@naver.com

ⓒ 조종순, 2014

ISBN 978-89-6226-040-3 (03860)

* 원제 _ De l'amour
* 편역자와의 협의에 따라 인지를 붙이지 않습니다.
* 잘못된 책은 구입하신 서점에서 바꾸어 드립니다.

De l'amour _ STENDHAL

스탕달의 아무르 연애론

― 스탕달이 말하는 미친 듯한 사랑 ―

스탕달 지음
조종순 편역 | 황창배 그림

해누리

CONTENTS

머리말 · 8
스탕달의 생애와 작품 세계 · 10

Chapter 1
연애심리학

상대를 사로잡는 연애의 네 가지 방식 · 16

연애의 일곱 단계 · 20

키스하고 싶어지는 '연애의 초기단계' · 23

자기 애인이 세상에서 제일 멋있어 보이는 '연애의 몰두단계' · 25

질투에 휩싸이는 '연애의 의혹단계' · 27

서로의 사랑이 더욱더 깊어지는 '연애의 결정단계' · 29

연인이 되기까지 포기는 금물 · 32

여자와 남자의 심리적 차이

- 여자와 남자의 시각 차이 · 34
- 여자와 남자의 서로 다른 연애 심리 · 37
- 불행이 닥쳤을 때의 연애 심리 · 40
- 여자와 남자가 좋아하는 외모 · 42
- 연애에 성공하는 외모 · 46
- 연애에 성공하는 첫 만남 · 48
- 연애에는 나이가 따로 없다 · 52

- 인간을 성숙하게 만드는 연애 · 54
- 지나친 사랑은 연애의 허상 · 56
- 스킨십이 연애에 미치는 영향 · 58
- 음악이 연애에 미치는 영향 · 61
- 행복한 데이트를 하는 법 · 63
- 연애할 때 주의해야 할 친구 관계 · 67
- 연애 사실을 친구에게 털어놓는 법 · 69
- 연적이 생겼을 때 질투 퇴치법 · 72
- 자존심을 건드려서 연인을 잡는 법 · 76
- 서로 다투면서 유지되는 연애 · 79
- 상사병을 고치는 법 · 82
- 사랑했던 연인을 잊는 법 · 85

여자의 심리
- 여자가 남자에게 첫눈에 반하는 심리 · 88
- 여자에게 순결의 가치란? · 93
- 첫 섹스 후의 여자 심리 · 97
- 여자들이 원하는 상대 남자 · 99
- 여자의 자존심이 센 이유 · 103
- 여자의 자존심을 지켜 주는 법 · 105
- 여자만이 갖고 있는 특별한 용기 · 107
- 정숙한 여자가 손해 보는 아홉 가지 · 109

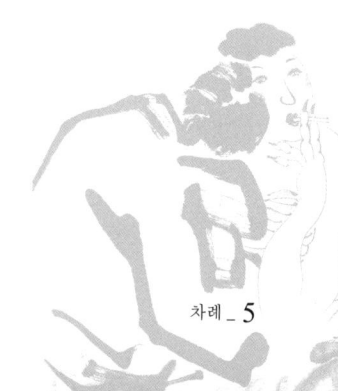

- 남의 말에 신경 쓰느라 사랑을 놓치는 여자 · 112

남자의 심리
　- 남자가 사랑을 시작하는 이유 · 114
　- 남자가 못생긴 여자와 연애하는 이유 · 116
　- 예쁜 여자를 찾는 남자들 · 119
　- 이성을 잃어버리는 남자의 연애 · 121
　- 순진한 여자와 연애하는 법 · 123
　- 여자 앞에서 쩔쩔매는 남자 · 125
　- 감성적인 남자와 이성적인 남자 · 128
　- 흔들리는 여자를 잡는 법 · 131
　- 질투로 괴로워하는 여자 달래기 · 135
　- 사랑이 좌절된 남자의 마음 · 139
　- 사랑의 열정이 냉정으로 변하는 남자 · 141

Chapter 2
연애하는 여자들에게 전하는 메시지

남자를 교육하는 것은 여자다 · 146
여자가 아닌 독립된 인간으로 살아라 · 150
결혼은 스스로 선택하라 · 153
결혼해도 자신을 위해 끊임없이 배워라 · 155

영원히 사랑받고 싶다면 똑똑해져라 · 158
어떤 남자를 선택하는 것이 좋은가? · 161
'베르테르'형 남자와 연애하라 · 165

Chapter 3
각 나라마다
다른 연애법

자신의 연애를 분석하는 법 · 170
미국인의 연애 · 173
영국인의 연애 · 176
프랑스인의 연애 · 180
이탈리아인의 연애 · 187
로마인의 연애 · 191
스페인의 연애 · 194
독일인의 연애 · 197
아라비아인의 연애 · 202

부록

12세기 사랑의 법전 · 208
연애에 대한 100가지 상식 · 212
연애 관련 명언 · 238

머리말

사랑이라는 이름의 미친 듯한 연애

남녀 간의 사랑은 어디에서 시작된 것일까?

한세상을 살면서 한번쯤 자신보다도 상대방을 위해 미치도록 사랑을 해본 사람이라면 세상에서 가장 행복한 삶을 살고 있는 사람이라 생각한다. 이런 광기어린 사랑이라는 미친 듯한 연애를, 스탕달은 구체적으로 정리하여 〈연애의 결정작용〉이라는 신조어를 만들어 냈다.

스탕달은 사랑의 열병에 걸린 사람들의 온갖 섬세한 감정의 움직임을 면밀하게 탐색하는 한편, 미친 듯한 사랑을 하면서 우리의 가슴을 멍들게 하는 그 열병의 치유법을 찾고자 노력하였다.

"신조어를 만들어 낸 것이 조금은 외람된다고 생각한다. 하지만 인간이 지상에서 누릴 수 있는 가장 큰 쾌락이 '사랑이라는 이름의 미친 듯한 연애' 라는 것은 아무도 부인할 수 없을 것이다. 〈연애의 결정작용〉이라는 말은 바로 그 사랑의 광기가 이루어지는 중요한 과정을 뜻한다. 만일 내가 결정작용이라는 말 대신 좀 더 완곡한 다른 말을 썼더라면 사랑이라는 복잡 미묘한 감정을 서술하려는 나의 시도는 틀림없이 실패했을 것이다. 하물며 이 에세이를 읽는 독자들이 어떻게 내 말을 이해할 수 있단 말인가. 그러므로 이 책을 읽는 독자들은 〈연애의 결정작용〉이라는 말에 거부감을 느끼지 말고 책을 읽으면서 함께 공감해

주길 바란다. - 1557년 '가르니에' 판 서문 중에서"

이 책은 스탕달의 연애론을 재구성하여 엮은 글이다.

Chapter 1 〈연애 심리학〉에서는 연애의 결정작용에 핵심이 되는 '연애의 네 가지 방식' '연애의 일곱단계' '연애의 초기단계' '연예의 몰두단계' '연애의 의혹단계' '연애의 결정단계' 뿐만 아니라 여자와 남자의 심리적 차이를 섬세하게 설명하였다.

Chapter 2 〈연애하는 여자들에게 전하는 메시지〉에서는 지금 연애 중인 여자 혹은 앞으로 연애할 준비가 되어 있는 여자라면 반드시 알아야 할 것들을 전달하였다.

Chapter 3 〈각 나라마다 다른 연애법〉에서는 자기 스스로 자신의 연애를 분석하는 방법과 다른 나라 사람들의 연애법을 설명하였으며, 부록에서는 '12세기 사랑의 법전', '연애에 대한 100가지 상식', '연애 관련 명언' 등을 수록하였다.

아무쪼록 이 책이 지금 누군가 사랑하고, 사랑할 준비가 된 모든 이들에게 조금이나마 도움이 되길 바라며, 더욱더 열정적인 사랑을 하고자 하는 바람이다.

스탕달의 생애와 작품 세계

　스탕달의 본명은 앙리 베일로, 1783년 프랑스의 그르노블에서 태어났다. 스탕달은 어렸을 때 어머니는 무척 사랑했지만 아버지는 증오했다. 아버지는 그르노블 고등법원의 변호사였는데 돈과 체면만을 중시했다. 7세 때 어머니가 돌아가시자 광신도인 숙모 셰라피가 스탕달을 키웠지만, 그는 숙모를 평생 미워했다. 어린 시절 스탕달이 발코니에서 화분에 있는 흙을 파다가 칼을 떨어뜨려서 지나가던 노인을 놀라게 한 적이 있었는데, 숙모는 스탕달이 노인을 죽이려 했다고 몰아붙였다. 이 일로 스탕달은 마음에 큰 상처를 입었다.

　또한 자신을 엄격하게 교육시킨 라얀느 신부도 매우 싫어했다. 하지만 다행히 스탕달은 외가 쪽 친척을 좋아해서 그들에게 많은 영향을 받았다. 외할아버지에게서는 합리주의 사상을, 외삼촌에게서는 쾌락주의적 인생관을 배웠다.

　이러한 영향으로 스탕달은 일찍부터 반항 정신과 반종교 사상을 키웠으며, 혁명 정부가 설립한 학교에 입학하였다. 그는 수학에 몹시 뛰어난 재능이 있어서 상급 학교 진학을 위해 파리로 갔다. 고등 이공계 학교에 들어갈 수 있었지만, 몰리에르와 같은 극작가가 되는 것이 그의 꿈이었기 때문에 시험을 포기하고 연극 관람과 습작에 몰두했다.

그는 17세인 1800년에 나폴레옹 군대에 입대하여 소위로 이탈리아 원정에 참여하였는데, 이곳에서 자유와 사랑, 미와 음악을 알게 된다. 이 때부터 이탈리아는 그에게 마음의 고향이 된다. 1802년에는 다시 파리로 돌아와 수년간 극작가가 되기 위한 문학 수업에 정진하였으나, 부단한 노력에도 불구하고 작품 한 편을 발표하지 못했다. 하지만 그때의 노력이 훗날 소설을 쓰는데 많은 도움이 된다.

22세에는 여배우 멜라니 길버트를 사랑하여 그녀와 동거하며 수입 식료품상의 점원으로 일했다. 27세에는 나폴레옹 제정의 참사원 서기관으로 일했고, 29세에는 나폴레옹의 모스크바 원정에 참여했다. 31세에 나폴레옹이 몰락하자 그는 이탈리아 밀라노로 이주하여 본격적인 작가 생활을 했다. 《하이든·모차르트·메타스타시오전(傳)》(1815년)을 시작으로, 《이탈리아 회화사》(1817년) 《로마·나폴리·프롤렌스》(1817년) 등을 잇달아 집필하였다. 또한 마음의 고향인 이탈리아에서 그는 오페라와 미술 감상, 독서, 사교 등을 즐기며 행복한 나날을 보냈다. 그리고 이곳에서 그가 열렬히 사랑했던 밀라노 장군의 아내인 마틸드 덴보스키를 만나 20년에 걸쳐 연애와 실연을 반복한다.

1821년, 그때까지의 집필 활동과 비밀 결사대에 가담하고 있다는 혐의를 받아 밀라노에서 퇴거당한다. 이듬해 장군의 아내인 마틸드와의 이루지 못한 사랑에 절망하며 프랑스로 돌아온 그는 실의에 빠져 지냈다. 그는 일정한 직업 없이 영국과 프랑스 잡지에 서평, 시사평론, 미술

평론 등을 기고했다. 이 시기에 《라신과 셰익스피어》《로시니전(傳)》《로마 산책》 등을 썼다. 소설로서는 《아르망스》(1827)가 최초의 작품으로, 성 불구자를 주인공으로 한 특이한 주제를 다루었지만 그다지 주목받지 못했다.

1830년, 7월 혁명 이후 그는 이탈리아 주재 프랑스 영사가 된다. 그리고 그의 대표작인 《적과 흑》을 발표하지만, 그 당시에는 호평 받지 못했다. 이후 로마 근교의 치비타베키아의 영사로 로마를 오가며 지냈고, 파리에서 휴가를 보내는 생활을 반복했다. 이 당시에 《에고티즘의 회상》《앙리 브륄라르의 생애》, 미완성의 장편소설 《뤼시앙 뢰방》《라미엘》을 집필했고, '이탈리아 연대기'라 불리는 《카스트로의 수녀》 등 중·단편을 모은 《어느 여행자의 수기》(1838)를 발표했다. 특히 《파름의 수도원》(1839)은 '이탈리아 연대기'를 매듭짓는 걸작이 되었다.

1841년, 58세 나이에는 중풍과 뇌졸중으로 병세가 악화되어 프랑스로 돌아왔지만, 이듬해 3월 22일 거리에서 쓰러서 급사한다.

스탕달은 군인으로서 나폴레옹을 섬겼고, 외교관으로서 루이 필립 왕정에 봉사했지만 평생토록 반 권력주의자로 살았다. 그리하여 프랑스 혁명을 지지했고, 그가 섬기던 나폴레옹의 독재에 반대했다. 1813년부터 1825년까지 영국 잡지에 글을 기고하면서 당시 파리의 정치기구나 사회구조, 자유주의 탄압 정책을 비판하는 글을 썼다.

그는 또한 자유주의자였다. 어느 당파에도 속하지 않고 어느 계급의 이익도 대변하지 않았기 때문에 어느 정권도 비판할 수 있었다. 그는 진보를 추구하는 자유주의 사상가이자 시대의 흐름을 정확하게 읽을 줄 아는 역사 감각도 갖추고 있었다. 그는 사회 현상에 강한 호기심을 보였고 그 원인을 알고자 노력했다.

스탕달에게는 연애가 인생 최대의 관심사였다. 사랑의 행복 없이는 명예, 재산, 쾌락이 아무 소용없다고 생각했다. 그가 경험한 연애 가운데 가장 강렬했던 것은, 1818년 밀라노 사교계에서 만난 장군의 아내인 마틸드와의 연애였다. 스탕달은 그녀에게 헌신적인 사랑을 바쳤다. 마틸드 역시 스탕달을 사랑했는지는 불확실하지만, 스탕달 연구가들의 견해는 부정적인 것으로 일치한다. 그러나 분명한 것은 스탕달은 그녀를 평생 동안 사랑했고, 이러한 사랑을 이룰 수 없게 되자 그의 가슴속에 점점 더 이상화되어, 결국《연애론》을 쓰게 된다.

《연애론》은 그가 마틸드에게 정열을 다 쏟아 부었지만 이룰 수 없었던 비극적인 연애를 하는 동안 그녀가 생각날 때마다 두서없이 쓴 단편들을 모은 것이다. 그의 글은 뛰어난 감수성으로 인간의 마음을 예리하게 관찰하여 연애 심리의 세세한 부분까지 정확히 묘사한 것이 특징이다.

스탕달은 이《연애론》에서 특정한 결론을 이끌어내려고 하지 않았다. 그 때문에 오히려 남녀 모두에게 공감을 얻을 수 있었다. 특히 이혼의 자유, 여성 교육의 중요성, 여성 해방 등은 여성의 사회적 지위에 관해 시대를 앞서가고 있었다.

상대의 마음을 이해하고
사랑하기 위해서는
고독이 필요하다.
그러나 사랑에 성공하기 위해서는
움직여서 사람을 만나야 한다.

Chapter 1
연애
심리학

상대를 사로잡는
연애의 네 가지 방식

> 연애가 없는 소설은 겨자를 바르지 않은
> 비프스테이크와 같이 맛없는 요리다.
> _ A. 프랑스*

        연애에는 정열적, 취미적, 육체적, 허영적 네 가지 연애 방식이 있다.

첫째 정열적 연애. 정열적 연애는 《포르투갈 수녀의 사랑》 《프랑스 대위의 사랑》 혹은 중세기 수도원 신부와 수녀의 사랑을 그린 《아벨라르와 엘로이즈》 등을 들 수 있다. 정열적 연애는 상대방에게 자신의 정열을 쏟아내는 데 큰 의미를 둔다. 정열적 연애에 빠지는 사람은 자신이 상대방을 왜 좋아하는지도 잘 모르고, 안다고 해도 별로 중요하게 생각하지 않는다. 다만 자신의 폭발적인 열정을 상대방에게 쏟아내는 데에만 집중한다.

둘째 취미적 연애. 1760년대 프랑스 파리에서는 취미적 연애가 크게 유행하였다. 당시 《회상록》이나 소설 《상포르》 《데피네 부인》

등을 보면 취미적 연애가 잘 표현되어 있다. 취미적 연애는 화려한 장밋빛 컬러로 가득 찬 그림이어야 하고 불쾌한 것은 매우 싫어한다. 취미적 연애를 선호하는 사람들은 연애를 하는 중에 발생하는 여러 가지 사태 등을 미리 터득하고 있다. 이러한 연애는 진정한 사랑보다는 섬세하고 세련되며, 과다한 정열로 예기치 못한 사태는 전혀 만들지 않는다. 취미적 연애를 선호하는 남자들은 여자를 다루는 데 있어서 매우 치밀하기 때문에 예측 불가능한 일은 전혀 일어나지 않으며, 연애를 하는 중에도 자신의 불쾌한 감정을 절대로 나타내지 않는다. 이는 취미란 불쾌해서는 지속할 수 없다고 생각하기 때문이다. 이러한 빈약한 연애 방식은 허영심을 빼고 나면 남은 것은 빈껍데기뿐이다.

셋째 육체적 연애. 파리에 사는 한 귀족이 숲으로 사냥을 갔다가 뜻밖에도 아름답고 참신한 시골 아가씨를 발견하였을 때 느끼는 도발적이고 은밀한 쾌락에 근거를 둔 연애를 말한다. 아무리 감수성이 둔한 사람이라도 16세가 되면 느끼기 시작하는 본능에 충실한 쾌락 연애를 말한다.

넷째 허영적 연애. 프랑스 젊은이들은 사치를 위해 좋은 말 한 마리를 갖고 싶어 한다. 이는 사교계의 인기 있는 여자를 차지하고 싶어 하기 때문이다. 이런 허영적 연애에서는 육체적인 관계는 별로 중요하게 생각하지 않는다. 그러나 연애 중에 상대방에게 배반당하

는 경우에는 자존심이 매우 상하고 우울해서 죽고 싶어진다. 그 이유는 자신에게 매우 소중한 허영심에 상처를 받았기 때문이다.

사람들은 어떤 연애 방식에 빠져 있든 일정한 수준에 이르면 기쁨이 커지면서 더욱 상대방에게 매달리게 된다. 그래서 사랑의 열정은 다른 열정과는 달리 미래에 거는 기대와 가치가 무엇보다도 크다. 육체적인 쾌락은 본능적인 것이기 때문에 누구나 잘 알고 있다. 하지만 애정이 깊고 정열적인 사람은 육체적인 쾌락의 대상으로만 여기지는 않는다. 그런 사람들은 연애를 할 때 가끔 상대방 때문에 어려움을 겪는 경우도 있지만, 그 대신 허영심의 만족이나 돈이 아니면 움직이지 않는 사람들이 모르는 기쁨을 누구보다도 잘 알고 있다.

정숙하고 애정이 깊은 여자들 가운데 육체적 쾌락에 빠져 본 적이 없는 여자들은 의외로 정열적인 연애에 열광하는 경우가 많다. 그런 여자들은 설사 육체적 쾌락에 빠졌더라도 저열적인 사랑의 황홀감을 더욱 선호하기 때문에 육체적인 쾌락마저 잊는 경우도 있다. 일부 남자들 중에는 자기에게 쾌락을 주는 상대방 여자들에게 가학적인 만족을 얻으려는 경향도 엿보인다. 그러나 남자들 중에는 연애보다 자존심을 더 중요하게 여기는 경우도 있다. 그런 남자들은 사랑보다 자존심을 더욱더 중요하게 생각하기 때문에 여자의 사랑을 얻기 위해 자존심을 굽히지 않는다.

예를 들어 로마의 폭군 네로 황제는 늘 자기중심으로 타인을 판단했다. 네로는 자기 자존심이 최대한으로 만족하지 않으면 연애에서 육체적인 쾌락도 맛보지 못했다. 상대방 여자에게 잔인한 짓을 해야만 겨우 만족할 수 있을 정도였다. 또한 사드 백작의 소설에 나오는 쥐스틴의 무서운 잔혹성도 여기에 해당된다. 그런 남자들은 연애를 통해서 마음의 안정감을 얻지 못한다.

위의 네 가지 연애 방식. 즉 정열적, 취미적, 육체적, 허영적 방식은 좀 더 세밀하게 들어가면 '연애의 일곱 단계'로 분류할 수 있다. 물론 사람의 감정은 사람마다 다르고 섬세해서 각자가 느끼는 방법도 다양하겠지만, 지금부터 쓰려고 하는 연애의 일곱 단계를 비슷하게 밟아 갈 것이다. 이 세상의 모든 연애는 똑같은 방법과 원칙에 따라서 발생, 지속, 소멸하고, 경우에 따라서는 영원한 사랑이 될 수 있다.

---

* 프랑스(Anatole France) : 1844~1924 / 프랑스 소설가.

연애의
일곱 단계

> 여자는 처음 연애할 때는 애인을 사랑하고
> 그 다음의 연애에서는 정사를 사랑한다.
> _ 라로슈푸코*

연애의 첫 번째 단계는 감탄과 매력의 단계이다. 상대방 이성에게 마음이 확 끌리면서 자신도 모르게 '아아! 저 사람과 한 번 껴안고 키스한다면 얼마나 좋을까?' 하는 상상에 빠지게 된다. 바로 이 순간 우리는 사랑의 포로가 되는 것이다.

두 번째 단계는 가까이 다가가고 싶은 단계이다. 상대방에게 접근하고 싶은 충동을 느낀다. 그래서 일단 그 사람의 눈에 자주 띄고 가까워지려고 한다. 어떤 방식으로든 상대방과 만날 수 있는 기회를 만들려고 애쓴다. 자신이 정해진 일정을 바꾸거나 계획을 뒤로 미루거나 중요한 약속을 포기하면서라도 그 사람과 만날 기회를 포착한다.

세 번째 단계는 희망의 단계이다. 상대방의 아름다움과 매력 포인

트가 머릿속에 꽉 차 있다. 사랑이 시작될 것 같은 희망으로 부풀고 서로를 보면 가슴이 뛰는 단계이다. 또한 상대를 여러 모로 재보며 미래를 함께할 수 있을지 생각해 보기도 하지만 사랑을 나누고 싶다는 열망은 한시라도 머리에서 떠나지 않는다.

네 번째는 사랑이 시작되는 단계이다. 잠도 못 자고 밥도 못 먹으며 사랑의 열병을 앓는 단계이다. 사랑 때문에 일상생활도 할 수 없고 많은 시간을 허비하게 된다. 특히 여자는 눈에 띄게 외모가 아름다워지고, 평소 얌전했던 사람이라도 육체관계를 쉽게 허락하며 남자에게 집착하게 되는 경우도 생긴다.

다섯 번째는 제1의 결정작용 단계이다. 잘츠부르크의 암염 채굴장에 겨울이 되어 잎이 떨어진 앙상한 나뭇가지를 넣어 두었다가 몇 개월 뒤 꺼내 보면 소금 결정으로 뒤덮여 다이아몬드처럼 빛난다. 원래의 초라한 모습은 온데간데없다. 이처럼 자신의 연애 상대를 극도로 미화하는 때가 이때이다. 자신의 애인이 세상에서 가장 멋있고 자신은 상대를 위해 태어난 것 같다는 착각에 빠지고, 가족이나 친구의 충고도 귀에 들리지 않게 된다.

여섯 번째는 의혹의 단계이다. 연애가 진행되면서 서로에게 익숙해지면 흥미가 반감되고 열정도 전보다 못하게 된다. 특히 남자의 경우는 더 심해서 여자가 혹시 사랑이 식은 것이 아닐까 하는 두려움을 갖게 된다. 또한 다른 이성과 함께 있는 모습을 보면 질투에 휩

싸이기도 한다.

일곱 번째는 제2의 결정작용 단계이다. 갈등과 오해를 겪고 난 두 사람은 서로를 더 잘 이해하고 사랑하게 된다. 안정되고 편안한 관계로 사랑을 완성하는 단계인 것이다. 이때의 결정작용은 첫 번째보다 강력해서 두 사람 사이에 견고한 믿음을 만들어 준다.

---

* 라로슈푸코(Duc Francois de la Rochefoucauld) : 1613~1680 / 프랑스 작가.

키스하고 싶어지는 '연애의 초기단계'

> 사랑은 너무 어려서 양심이 무엇인지 모른다.
> 그러나 양심이 사랑에서 태어나는 것을 누가 모르겠는가?
> _ 셰익스피어*

연애의 일곱 단계 중 감탄과 매력의 단계(1단계), 가까이 다가가고 싶은 단계(2단계), 희망의 단계(3단계), 사랑이 시작되는 단계(4단계)까지를 '연애의 초기단계'라 한다.

연애의 첫 시작은 자신도 모르게 상대방 매력에 '확' 끌리면서 감탄하고 혼자 상상에 빠진다. '아아~! 저 사람을 한 번 껴안고 키스 한 번 해보았으면 얼마나 좋을까?' 이 순간 우리는 사랑의 포로가 된다.(1단계) 이러한 생각은 상대에게 가까이 다가가고 싶은 충동을 느끼게 된다. 그래서 일단 그 사람 눈에 자주 띄고자 노력하고, 어떤 방식으로든 상대를 만날 수 있는 기회를 포착하기 위해 애를 쓴다. 또한 자신의 일정이나 계획 등을 뒤로 미루고 중요한 약속도 포기하면서까지 그 사람과 만날 수 있는 기회만을 포착한다.(2단계)

이미 상대방에 대한 아름다움과 매력이 머릿속에서 지워지지 않고 있기 때문에 만날 수 있는 희망으로 꽉 차 있다. '언제 어디서 어떻게 만나야지' 하는 마음이 정해지면 이미 사랑이 시작된 듯 희망에 부풀어 있다. 그 순간 상대를 우연히 만나게 되면 가슴이 콩당콩당 뛰게 되는데 이 순간이 희망의 단계이다. 이때 상대방을 여러 면에서 관찰하고 미래를 함께할 수 있는 사람인지 의심하지만, 그러한 의심보다는 미래의 어느 날 상대방과 함께 있는 장면들을 상상하고 사랑을 나누고 싶은 열망을 꿈꾸는 상황이 더욱더 강해 밤낮으로 머릿속에서 지워지지 않는다.(3단계) 그 다음은 사랑이 본격적으로 시작되는 단계로 사랑의 열병을 앓는 단계이다. 밤에는 잠도 못 이루고 밥맛도 없으며 상대에 대한 갈망이 너무 뜨거워져 정상적인 일상생활에 지장을 받게 된다. 특히 여자는 이 단계에서 외모가 가장 아름다워진다.

"예뻐졌네. 연애하는 모양이야!"

주변 사람들에게 예뻐졌다는 말도 듣게 되고, 평소에는 결벽증이 있고 얌전하던 여자가 남자에게 육체관계를 쉽게 허락하고 남자에게 집착하는 시기도 이 단계이다.(4단계)

---

* 셰익스피어(William Shakespeare) : 1564~1616 / 영국 극작가, 시인.

자기 애인이 세상에서 제일 멋있어 보이는 '연애의 몰두단계'

> 사랑에 빠지면
> 남자는 그 어느 때보다 더 많이 참고 견딘다.
> 그는 모든 것에 굴복한다.
> _ 니체*

연애의 일곱단계 중 제1의 결정작용(5단계)가 '연애의 몰두단계'로, 이 세상에서 자기 애인이 가장 멋있어 보이는 단계이다.

잘츠부르크의 암염 채굴장에 겨울이 되어 잎이 떨어진 앙상한 나뭇가지를 넣어 두었다가 몇 개월 뒤 꺼내 보면 소금 결정으로 뒤덮여 다이아몬드처럼 빛난다. 원래의 초라한 모습은 온데간데없다. 이처럼 자신의 연애 상대를 극도로 미화하는 때가 이때이다. 자신의 애인이 세상에서 제일 멋있고 자신은 상대를 위해 태어난 것 같다는 착각에 빠지고, 가족이나 친구의 귀중한 충고도 귀에 들리지 않는다.

자신의 연애 상대는 하늘이 내려준 축복이며 정체는 알 수 없지만 틀림없이 자신을 위한 숭고하고 운명적인 사랑이라고 믿는다. '나에게도 이런 축복이 있었구나' 하고 충만한 기쁨에 젖는다.

여기서 말하는 결정작용이란 사랑하는 사람에게서 계속해서 새로운 아름다움을 발견해 내는 정신작용을 말하는데, 이런 상태에 빠진 여자는 곁에 있는 누군가가 무더운 여름날 거닐었던 제노바 해안가의 신선한 오렌지 숲 얘기를 꺼내면, 그 여자는 즉각적으로 '아아! 사랑하는 사람과 함께 그곳에 가면 얼마나 좋을까?' 하는 생각을 한다. 또한 남자는 만일 친구가 사냥 중에 발이 삐어 연인의 간호를 받는 모습을 보면, '나도 그녀의 간호를 받으면 얼마나 좋을까' 하고 생각한다. 바로 이러한 상태. 자신이 보는 것, 먹는 것, 가는 곳마다 연인과 함께하고 싶은 마음이 들 때, 당신은 이미 연애의 몰두단계에 들어와 있다 하겠다.

여기서 결정작용이라고 한 이유는 인간의 쾌락이 본성에서 나온 것이기 때문이다. 바로 그 쾌락에서 상대방에게서 아름다움을 발견해 내는 본성이 나오고, 상대방을 내 것으로 소유하고 싶은 감정이 생기기 때문이다. 원시 시대의 야만인들은 사슴을 쫓고 요리하는 데만 두뇌를 썼다. 그러나 문명 시대의 인간들은 이성에 대한 사랑과 쾌락에 두뇌를 쓴다. 이것이 원시인과 문명인의 가장 큰 차이라 할 것이다.

* 니체(Friedrich W. Nietzsche) : 1844~1900 / 독일 철학자.

질투에 휩싸이는
'연애의 의혹 단계'

> 사랑은 자기가 탐내는 대상을 즐기려는
> 무한한 갈증에 불과하다.
> _ 몽테뉴*

　　　　　　　연애의 몰두단계를 거치면서 연애가 무르익어 간다. 그러나 오랜 시간 서로에게 익숙해지면서 흥미가 약간 반감되고 열정도 전보다 약해지게 된다.(6단계) 이러한 시기를 '연애의 의혹 단계'라 한다. 하지만 의혹의 단계라 해서 연애 감정이 중단된 것은 아니다.

　여자는 남자가 전과 다르게 자신을 사랑해 주는 열정이 식은 듯한 상대를 보며 '혹시 마음이 변한 것은 아닐까?' 하는 두려움을 갖는다. 그리고 상대가 다른 이성과 함께 있는 애인을 보면 질투에 휩싸이게 된다. 여자가 남자에게 질투심을 느끼는 단계가 바로 의혹의 단계이다.

　그러나 남자는 여자가 자기에게 잠깐 동안 눈길을 주었는데도 오랫동안 자신에게 관심을 준 것처럼 착각하는 증세가 나타난다. 이때 여자가 좀 더 친절하고 다감하게 대해 주면 남자는 희망의 단계를 뛰어넘어 의혹의 단계로 직접 들어가면서 여자에게 확실한 사랑의 본능을 받고 싶어 한다. 여자는 약간의 호의를 베풀었는데도 남자는 확대시켜 기대감에 부풀어서 좀 더 행복해지려고 여자에게 더욱더 당당하게 나온다. 하지만 여자는 남자가 자심감을 갖고 당당하게 접근해 오면 처음에는 무관심한 척 대하고, 그 다음은 냉담하게 대하다가 마침내 화를 내며 반발한다.

이럴 때 프랑스에서는 여자가 남자에게 이렇게 말한다.

"꽤 자신만만하시군요"라고 비꼬기도 한다.

여자가 이와 같은 말을 하는 것은 일시적인 도취에서 깨어나 부끄럽기도 하고 도리에 어긋난 말을 하지 않을까 하는 걱정에서 애교로 한 말일 수도 있다. 그러나 남자는 그런 말을 들으면 '그게 아니었나?' 하는 마음이 들면서 기대했던 행복감에 의심을 품는다.

이때 남자는 상대 여자의 겉모습과 속마음이 다르다고 느끼고 겉으로 드러난 행복에 대해 좀 더 엄격해진다. 그래서 때로는 다른 여자를 생각해 보기도 하지만, 그래도 그 여자 말고는 다른 기쁨과 쾌락은 찾지 못한다. 이로 인해 남자는 연애를 하는 동안 공포감을 느끼면서 동시에 깊은 주의력도 갖게 된다.

* 몽테뉴(Michel Montaigne) : 1533~1593 / 프랑스 철학자, 수필가.

서로의 사랑이 더욱더 깊어지는 '연애의 결정단계'

> 사랑을 받기 위해 사랑하는 것은 인간적 행동이지만
> 사랑 자체를 위해 사랑하는 것은 천사와 같은 행동이다.
> _ 라마르틴*

　　　　　　남자와 여자는 갈등과 오해를 겪고 난 후, 서로를 더 잘 이해하고 안정되고 편안한 관계로 사랑을 완성하게 된다.(7단계) 이러한 단계를 '연애의 결정단계'라 하는데 이때의 결정작용은 제1의 결정단계보다 더욱더 강력해져서 두 사람 사이에 견고한 믿음을 만들어 준다.

이때 남자는 '그녀가 나를 사랑하고 있다.'는 것을 확신하는 단계로, 여자가 나를 사랑한다는 증거를 찾기 위해 여러 가지 결정작용을 만들며 머릿속이 복잡해진다.

'그녀가 나를 바라보는 눈이 심상치 않았어!'

'나한테 날씨가 좋다고 한 말은 분명 다른 뜻이 있었던 거야.'

남자는 여자가 대수롭지 않게 걸어 준 말조차도 자기를 사랑하기 때문이라고 확신하기에 이른다. 그로 인해 남자는 온갖 의혹에 쌓이고 잠 못 이루는 밤이 계속되면서 스스로 만들어 낸 행복과 불행이 수없이 교차한다. 그러면서도 남자는 순간순간 다짐한다.

'맞아. 그 여자는 날 사랑하고 있어.'

그 같은 결정작용은 여자에게서 끝없이 새로운 매력을 발견해내는 놀라운 능력을 발휘하면서도 한편으로는 날카로운 의혹의 칼날이 사정없이 기습한다.

'나만 헛물켜고 있는 것은 아닐까?'

그런 고통과 기쁨이 교차하면서도 세 가지 생각에 빠진다. 첫째 그 여자는 너무 아름답고 마음에 들어, 둘째 그 여자는 나를 틀림없이 사랑하고 있어, 셋째 어떻게 하면 그 여자가 나를 사랑하고 있다는 증거를 찾을 수 있을까?

남자가 연애 중에 가장 비참한 순간은 자기가 그릇된 판단을 내렸다는 것을 깨닫고, 자신이 만든 결정작용을 포기해야 할 때이다. 그 이후부터 남자는 자신이 만든 결정작용에 대한 의심을 품게 되고, 이런 현상은 연애 과정에서 끊임없이 일어난다.

이렇게 제2의 결정작용 단계의 갈등과 오해를 겪고 난 두 사람은 서로를 더 잘 이해하고 더 깊이 사랑하는 단계로 접어든다. 사랑이 안정되고 편안한 완성의 단계로 접어들게 되는 것이다.

그때의 결정작용은 제1의 결정단계보다 더욱더 강력해져서 두 사람 사이에 견고한 믿음을 만들어 준다. 이것이 바로 연애의 일곱 단계의 완성이다.

* 라마르틴(Alphonse de Lamartine) : 1790~1869 / 프랑스 시인, 정치가.

연인이 되기까지
포기는 금물

> 사랑의 광증은 그 힘이 발작하면 스스로 제 몸을 망치고
> 의지를 잃어 무슨 모모한 짓을 할지 모른다.
> _ 셰익스피어*

연애의 일곱 단계가 진행되어 완성되는 시간은 얼마나 걸릴까?

하나. 상대방 이성을 보고 감탄한다.

둘. 키스하면 얼마나 좋을까.

셋. 사랑에 대한 희망을 갖는다.

넷. 사랑이 탄생한다.

다섯. 제1의 결정작용이 생긴다.

여섯. 상대에게 의혹이 생긴다.

일곱. 제2의 결정작용이 생긴다.

남자와 여자의 사랑이 완성되기까지는 연애의 일곱 단계를 거쳐서 진정한 사랑을 이루게 되는데, 여자의 경우는 첫 번째 단계(상대

방 이성을 보고 감탄한다.)에서 두 번째 단계(키스하면 얼마나 좋을까.)로 진행되는 과정에서 1년이 걸리는 경우도 있다. 그것은 상대 남자에게 매력을 느끼면서도 접촉에 대한 욕망은 강하지 않은 여자로 접촉하기까지 많은 시간이 걸린다.

또한 두 번째 단계에서 세 번째 단계(사랑에 대한 희망을 갖는다.)까지는 보통 한 달쯤 걸린다. 반드시 정확한 것은 아니지만 감탄한 이성과의 접촉 욕망이 사랑에 대한 희망으로 바뀌는 데 걸리는 대략적인 시간이다. 만일 사랑의 희망이 나타나지 않으면 두 번째 접촉 욕망을 단념하게 된다.

그러나 세 번째 단계와 네 번째 단계(사랑이 탄생한다.)는 순식간에 이루어진다. 사랑에 대한 희망을 품는 순간 사랑이 탄생하기 때문이다.

네 번째 단계와 다섯 번째 단계(제1의 결정작용이 생긴다.) 역시 빠른 속도로 이루어지고, 그 사이에 들어갈 수 있는 것은 오직 친화력뿐이다.

다섯 번째 단계와 여섯 번째 단계(상대에게 의혹이 생긴다.)는 성격과 열정의 정도, 혹은 그 사람이 속한 사회적 관습에 따라 진행되는 시간이 다를 수 있다. 그러나 여섯 번째 단계와 일곱 번째 단계(제2의 결정작용이 생긴다.)는 거의 동시에 일어난다.

* 셰익스피어(William Shakespeare) : 1564~1616 / 영국 극작가, 시인.

| 여자와 남자의 심리적 차이

여자와 남자의
시각 차이

> 나는 맛, 섹스, 소리, 아름다운 형태에서 오는
> 즐거움 이외에 세상의 좋은 것을 생각해 낼 수가 없다.
> _ 에피쿠로스*

여자는 인생에서 가장 중요하다고 생각하는 것이 사랑이다. 특히 남자와 섹스를 하고 난 후에는 그 남자와의 관계에 집착하는 심리현상을 갖고 있다.

여자는 남자와의 섹스가 자신에게 아주 특별한 의미라고 생각하기 때문에 자신의 섹스가 수치스럽고 부도덕한 관계라고 해도 그 행위를 정당화, 합리화시키려는 강력한 욕구가 있다. 이러한 현상은 생식을 책임지고 있는 여자의 생리적 심리구조 때문이다. 그러나 남자에게는 그런 심리과정이 거의 없다.

여자는 틈만 나면 그 남자와의 감미로웠던 순간들을 아주 세밀하게 마음속으로 음미하고, 사랑에 빠진 후에는 그 사랑을 유지하고 싶은 욕심 때문에 아주 작은 일에도 남자를 의심한다. 또한 여자는 자신이 혹시 상대 남자의 화려한 연애 편력 리스트 중에 오른 또 한 명의 여자인 것은 아닌지 불안해한다.

바로 그때쯤 여자의 두 번째 결정작용이 일어나는데, 그 결정작용은 남자의 의심을 동반하고 있기 때문에 더욱 강력하다. 여자는 자신이 화려한 여왕에서 비천한 하녀로 전락했다는 느낌을 받기도 하면서 따분하고 단순한 일, 예를 들어 자수를 놓거나 스웨터를 짜면서 남자에게 집착한다.

그러나 남자는 이와 다르게 자칫하면 낙오되기 쉬운 치열한 사회생활을 하기 때문에 여자처럼 여유롭게 여자에게 몰두할 시간이 없다. 남자들은 집 밖에 나가는 순간 여자를 잊는다. 그러나 여자들은 남자가 자신을 생각하고 있다고 착각한다. 여자들은 집에서 아이를 돌보고 살림하는 동안에도 남자를 생각하지만, 남자들은 밖에서 사회 활동하는 동안에는 여자를 잊는다. 그로 인해서 연인이나 아내의 생일도 까맣게 잊는다.

따라서 제2의 결정작용, 즉 사랑의 완성단계는 여자 쪽이 훨씬 빠르고 강하다. 여자는 불안한 마음이 남자보다 훨씬 크고, 자존심에 상처를 입거나 수치심을 느낄 위험도 크다. 또한 남자만큼 쉽게 직업적 성취나 취미에 대한 열정에 빠지기 어렵기 때문에 자연히 사랑하는 남자에게 집착한다. 그러나 요즘은 사회가 발전하고 남녀차별이 적은 21세기 사회에서는 여자들도 직업적인 성취와 취미를 갖고 사랑과 일을 병행하는 경우가 많다.

　여자들이 남자와 섹스 이후 남자에게 집착하는 원인은 여자가 남자보다 이성적인 훈련을 받지 못했기 때문이다. 남자는 사회적으로 이성적이고 논리적인 생활에 익숙하여 자연스럽게 이성적인 판단력을 지닌다. 그러나 여자는 감성적이어서 연애하지 않을 때에도 자주 공상에 잠겨, 긴장과 흥분상태에 있기 때문에 남자의 결점도 눈에 잘 보이지 않는다.

　예로부터 여자는 이성보다는 감성을 쓰는 일을 주로 해 왔다. 그래서인지 자신의 감성적인 성향과 반대되는 이성은 늘 자기 자신을 간섭하고 통제한다고 여긴다. 그러므로 남자는 이성적인 반면 여자는 감성적이다. 언제 어디서나 감성적인 것, 그것이 바로 여자이다.

---

* 에피쿠로스(Epicurus) : 기원전 342~270 / 그리스 철학자.

여자와 남자의
서로 다른 연애 심리

슬프다!
내 가슴속에서는 두 영혼이 살고 있다.
_괴테*

여자와 남자와의 갈등은 서로 바라는 것이 다르기 때문에 생긴다. 연애할 때 남자는 공격적으로 늘 요구하고 대담해지지만, 여자는 방어적으로 늘 거절하며 소심해진다. 그러므로 남자가 상대방 여자에 대해서 가장 먼저 생각하는 것은 '그녀가 날 마음에 들어 할까?' '나를 사랑해줄까?' 하는 점이지만, 여자는 '저 남자가 나를 사랑한다는 말이 사실일까?' '과연 저 남자는 날 영원히 사랑할까?' 하는 점이다. 여자는 방어적이기 때문에 의심도 남자보다 더 많다.

그러므로 연애 과정에서 남자와 여자가 가장 중요한 것은 상대방에 대한 사랑의 확신이다. 여자는 남자에게 마음에 든다는 점과 좋아한다는 점을 확신시켜 주고, 남자는 여자에게 신뢰와 진실을 정확하게 알리고 영원한 사랑을 약속하는 것이다.

그런데 남자는 여자와 달리 아주 구체적인 행위를 통해서만 여자의 사랑을 확신한다. 따라서 여자는 남자에게 자신의 마음을 행동으로 보여 주어야 하는데, 그 행위가 과연 무엇일까?

여자는 남자보다 좀 더 복잡하다. 여자는 연애하는 동안 특별히 도덕적인 점이 고려되는데 여기서 도덕적인 기준을 단정하기에는 개인차가 워낙 많기 때문에 매우 힘들다. 남자는 여자가 자기에게 갖는 사랑의 의혹을 단숨에 해소시킬 수 있는 증거를 보여 주려고 애쓴다. 하지만 여자를 단숨에 만족시킬 만한 증거란 세상에 없다. 그러므로 서로의 불행은 바로 거기서부터 싹트기 시작한다.

연애가 한 사람에게 확신과 행복을 줄 때, 다른 한 사람에게는 위험과 굴욕감까지도 줄 수 있다. 남녀가 사랑에 빠지면 남자는 흔히 자기 혼자 영혼의 괴로움을 겪지만, 여자는 주변의 시선에 더 많은 신경을 쓴다. 여자는 남자보다 소심한데다가 사람들의 소문은 여자에게 더욱더 가혹하기 때문에 여자는 이웃 사람들의 평판을 무엇보다 중요하게 생각한다.

여자들에게는 사람들의 입방아를 단번에 잠재울 만한 뾰족한 수가 없기 때문에 남자보다 경계심이 강하다. 여자는 자신이 자란 환경으로 인하여 연애의 각 단계에서도 남자보다 소심하고 과감하지 못하며, 마음이 쉽게 변하는 일도 드물다. 그리고 일단 결정작용이 시작되면 남자만큼 쉽게 단념하지도 않는다.

여자는 남자가 프러포즈하면 달콤한 기분을 즐기면서도 남자가 너무 적극적이거나 강압적으로 다가오면 한 발짝 뒤로 물러난다. 자신이 남자에게 호락호락 넘어가지 않는 것이 진정한 남자의 마음을 얻는 방법이라고 생각하기 때문이다.

그에 비해 남자의 연애 심리는 비교적 단순하다. 남자는 사랑하는 여자의 눈만 바라볼 수 있어도 좋고, 미소만으로도 행복의 절정을 느낀다. 바로 그 미소를 얻기 위해 남자는 온갖 노력을 기울인다. 여자가 마음을 쉽게 열지 않아서 계속적인 구애를 하는 상황이 되면 남자는 자존심이 상하지만, 반대로 여자는 그 자체를 자랑스럽게 여긴다.

여자는 속으로는 남자를 사랑하면서도 사랑한다고 잘 표현하지 않지만 사랑하는 남자와의 추억은 세심하게 기억한다. 그 남자와 언제 어디서 무슨 식사를 하고 무슨 연극을 보았는지, 또한 그 남자와 처음 한 일에 큰 의미를 두고 다른 사람과는 공유하지 않는다.

---

* 괴테(Johann Wolfgang von Goethe) : 1749~1832 / 독일 시인, 소설가.

불행이 닥쳤을 때의 연애 심리

> 극도의 가난과 마찬가지로
> 극도의 불행은 사람의 눈을 멀게 만든다.
> _ E. 버크*

연애할 때에는 마냥 좋기만 할까?

 연애를 시작하면 누구나 겪는 갈등이 있다. 자존심이 상하거나 개인의 프라이버시를 침해당하거나 인격에 상처를 받는 경우가 얼마든지 있다. 거기다가 연애와 관계없는 개인적인 불행이 찾아올 수도 있다. 건강이 나빠질 수도 있고, 직장을 잃을 수도 있고, 빚을 지거나 집안이 몰락하는 경우도 있다.

 이러한 일들을 당하였을 때 두 사람 사이가 전보다 한층 더 견고해지고 서로에게 힘이 될 수 있을까? 직접 당해 보지 않은 사람이라면 모두 '그렇다'고 말한다.

 하지만 그런 생각은 착각이나 오해일 뿐이다. 두 사람 중에 개인적인 불행이나 어려움이 닥치면 서로를 끊임없이 미화하는 상상력의 작용이 멈추게 된다.

이런 상상력의 작용이 멈추게 되면 이제 막 사랑이 싹튼 연애에서는 결정작용이 일어나지 않고, 사랑이 확고해져야 하는 연애가 의혹의 단계로 진행되기 때문에 제2의 결정작용이 더 이상 일어나지 않는다. 그러므로 두 사람 사이에 발생한 뜻밖의 불행들을 해소해야만 사랑의 달콤함과 열정이 다시 살아나게 된다.

속담에 '가난이 사랑방에 기어들면 사랑은 부뚜막으로 쫓겨난다'는 말도 있다. 두 사람의 연애 감정은 놀랍게도 두 사람의 환경이나 조건과도 밀접한 관계가 있다. 두 사람의 연애에 걸림돌이 되는 불행은 결정작용조차 멈추게 한다. 이럴 때 연애는 더 이상 진전되기보다는 오히려 퇴보한다.

하지만 이와 다른 경우도 있다. 두 사람이 모두 생각의 깊이와 감수성이 민감하지 않거나 서로의 신뢰가 확고할 경우에는 그런 불행한 사태도 연애 감정을 지속시킨다. 또한 자신을 힘들게 하는 불행이나 세상사에 관심을 갖기보다는 연애의 결정작용에 자신의 상상력을 집중하도록 노력한다면 불행도 서로의 사랑에 도움이 될 수 있다.

---

* 버크(Edmund Burke) : 1729~1797 / 영국 정치가.

여자와 남자가 좋아하는 외모

> 사랑은 아름다움이 중개하는 번식 욕망이다.
> _ 소크라테스*

여자의 마음이 어떤지 들여다보자.

한 아름다운 여자가 있었다. 그 여자가 살고 있는 마을에는 에드워드라는 장래가 촉망되는 청년이 있었다. 에드워드는 그 여자를 오래 전부터 혼자만 속으로 사랑하고 있었다. 이제 막 외국 유학에서 돌아왔으니 곧 그 여자에게 청혼할 것이라는 소문이 나돌았다. 이웃 사람들로부터 그 말을 전해들은 여자는 마음이 부풀어 오르고 설레었다.

어느 날 마을 성당에 간 그 여자는 사람들 틈에서 누군가가 '에드워드'라는 이름을 부르는 말을 듣고 깜짝 놀라서 고개를 돌렸다. 그녀는 먼발치에서 에드워드라는 남자를 훔쳐볼 수 있었다. 그 순간 그 여자는 에드워드를 사랑하게 되었다.

마침내 소문대로 에드워드로부터 청혼이 왔다. 그리고 일주일 후에 에드워드를 만난 그 여자는 깜짝 놀랐다. 그녀가 만난 에드워드는 성당에서 은밀히 훔쳐보았던 그 남자가 아니었던 것이다. 그 여자는 이미 성당에서 처음 본 다른 에드워드에게 마음이 빼앗겨 있어서 결국 두 사람은 맺어질 수가 없었다.

또 다른 여자의 마음을 들여다보자.
한 남자가 불행한 처지에 빠져 있는 젊은 여자를 지극한 정성으로 보살펴 주었다. 그 남자의 보살핌에 감동한 여자가 그 남자에게 막 마음을 열려고 하는 순간이었다. 그러나 막상 그 남자와 만나서 교제해 보니 남자는 세련되지 못한 말투와 촌티 나는 옷차림이 마음에 들지 않아 그 여자는 마음의 문을 닫았다.

여자는 남자의 능력이나 인격과는 전혀 관계없는 사소한 부분에서도 그 자체가 견딜 수 없게 싫어질 수 있다. 그런 경우 사랑의 결정작용은 불가능해진다.

즉, 남자가 여자에게 사랑의 결정작용이 가능하게 만들려면, 남자는 여자에게 모든 면에서 완벽하다는 느낌을 주어야 한다. 물론 여기서 말하는 완벽이란 객관적인 기준이 아니라 여자의 주관적인 기준이다. 그러므로 못생긴 외모는 남녀가 연애를 시작하는 데 최초의 장애가 된다.

그러나 일단 연애가 시작되면 제 눈에 안경이라는 말이 있듯이, 남자는 누가 뭐라고 해도 자기 애인을 아름답게 여긴다. 다른 여자를 보고 느끼는 행복지수가 1이라고 한다면, 외모가 떨어진 자기 애인을 보는 행복지수는 1000이기 때문이다. 물론 사랑이 시작된 후에도 여자는 내적·외적인 외모를 유지해야 한다.

사랑이 싹트기 전까지는 서로의 멋진 외모가 사랑을 부르는 첫 번째 역할을 한다. 특히 여자는 다른 사람들이 남자의 외모에 감탄하거나 칭찬하는 것을 들으면 그 남자를 사랑하고 싶어 한다. 연애의 일곱 단계에서 보았던 것처럼 감탄은 연애를 시작하는 동기인 것이다.

취미적 사랑이나 정열적 사랑의 경우에는 여자가 남자를 선택하는 최초 5분간은 자기 생각보다 다른 여자들의 평가를 더욱더 중요하게 여긴다. 그런 경우 남자는 여자가 자기에게 마음이 있는지 확인하기도 전에 섣불리 행동해서는 안 된다. 자칫 여자가 남자를 하찮게 여겨 연애의 가능성을 모두 날려 버릴 수도 있기 때문이다.

남자가 각별히 기억해야 할 것은 여자는 아무에게나 쉽게 반하는 남자에게는 호감을 갖지 않는다. 남자는 여자에게 관심 없는 듯한, 무심한 태도를 보여 주는 것이 매우 효과적이다. 여자는 너무 쉽게 무릎을 꿇는 남자에게는 흥미를 느끼지 못하고 고마움도 모른다. 그것이 여자의 마음이다. 그래서 나쁜 남자 스타일을 좋아하는 것이다.

그러나 남자는 일단 결정작용이 시작되면 사랑하는 여자에게서 발견하는 새로운 아름다움 하나하나마다 행복을 느낀다. 남자가 느끼는 여자의 아름다움이란 과연 무엇인가? 그것은 바로 자신에게 기쁨을 주는 새로운 능력을 말한다. 그런데 사람마다 기쁨을 느끼는 것이 다르기 때문에 기쁨의 질과 양도 다르다. 어떤 남자에게는 아름다운 것이 또 다른 남자에게는 추함으로 보일 수도 있다. 예를 들어 여자의 보조개가 너무 예뻐서 그 보조개에 빠져 사랑을 느끼는 남자도 있는 반면, 보조개라면 치를 떠는 남자도 있다.

따라서 남자와 여자의 아름다움의 본질을 알기 위해서는 각자에게 기쁨을 주는 것이 무엇인지 정확히 파악해야 한다. 육체적 쾌락을 최고의 기쁨으로 여기는 남자에게는 그런 기쁨의 기회를 많이 주는 여자가 가장 아름다운 것이고, 자신의 열정을 한 여자에게 마구 쏟아 붓는 것 자체가 기쁨인 남자에게는 단지 그 대상이 되어 주는 여자가 아름다운 것이다. 또한 어떤 남자는 지적인 대화를 통해서만 한 여자에게서 기쁨을 얻으며 그 여자의 아름다운 매력을 느낀다.

이렇게 남자가 여자에게서 느끼는 아름다움은 남자마다 다 다르다. 결국 남자가 느끼는 여자의 아름다움이란 그동안 자신이 여자에게 품었던 온갖 욕망의 실현이 축적된 것에 지나지 않는다.

---

* 소크라테스(Socrates) : 기원전 470?~399 / 그리스 철학자.

연애에 성공하는 외모

> 사람은 속아서 열정에 사로잡히지만
> 이성을 통해야 진리에 도달한다.
> _ J. 드라이든*

  실제 연애를 할 때에는 객관적인 외모보다는 심리적인 외모가 더 큰 역할을 한다. 이는 배우의 예를 봐도 잘 알 수 있다. 관객은 배우의 실제 외모보다는 그가 연기로 보여 주는 이미지로 투영된 외모만을 기억한다.

 그래서 객관적으로는 못생긴 배우도 그가 보여 주는 개성 있고 멋진 연기 때문에 사람들은 그에게 호감을 갖는다. 심지어 외모조차도 멋지다고 생각한다. 아무리 잘생긴 개그맨이라도 그의 연기를 보고 웃는 것도 이와 같은 이유이다.

 아름다움이란 상대를 보고 느끼는 감정, 다시 말하면 정신적인 작용이 표현된 것이다. 따라서 여자의 아름다움과 연애의 열정에는 아무런 관련이 없다.

얼굴도 못생긴 여자가 잘난 남자의 사랑을 받는 것을 보고 미인이 배 아파하거나, 저렇게 잘생긴 남자가 왜 저렇게 못생긴 여자에게 푹 빠져 있는지 모르겠다고 고개를 갸웃거리는 이유가 거기 있다.

물론 여자의 외모가 뛰어나다면 남자의 구애를 받게 될 확률이 높아질 수 있다. 그러나 그 확률이란 모든 남자에게 적용되는 것이 아니며 사람에 따라서는 반대의 결과가 나올 수도 있다. 게다가 남자들은 오히려 여자는 아름다울수록 콧대가 세고 쌀쌀맞을 확률이 높다고 한결 같이 이야기한다.

'남자는 아름다운 여자와 사랑에 빠진다.' 라는 이 말은 불확실한 확률이다. 못생긴 여자의 다정한 눈빛은 남자가 아름다운 여자에게 눈길이 가지 않도록 하는 강한 매력이 있다.

그러므로 여자가 애인이 없는 이유는 못생긴 외모 때문이 아니라는 사실이다. 정작 연애에서 가장 필요한 것은 바로 열정인 것이다. 그런데 왜, 21세기를 사는 여자들은 '외모지상주의'를 추구하며 아름다워지려는 것일까….

---

* 드라이든(John Dryden) : 1631~1700 / 영국 시인.

연애에 성공하는 첫 만남

> 인생에는 운명처럼 보이는 만남이 있다.
> _ O. 메러디드*

여자들 중에 상상력이 풍부한 여자는 예민하고 의심도 많다. 그런 여자들은 자신도 모르는 사이에 저절로 의심이 많아진다. 그래서 처음 만난 남자가 누구나 뻔히 알 수 있는 통속적이고 평범한 모습을 보이면 저절로 상상력이 위축되어 연애가 시작되는 결정작용의 가능성이 떨어진다. 그와 반대로 남자와의 첫 만남이 극적이면 극적일수록 연애가 시작될 확률이 매우 높다.

그 이유는 아주 간단하다. 여자는 예상치 못한 극적인 첫 만남을 갖게 되면 바로 그 예상치 못했던 사건에 대해 오랫동안 깊은 생각에 잠긴다. 그렇게 될 경우 연애의 결정작용에 필요한 두뇌 활동은 반쯤 진행된 것이나 다름없다.

예를 들어 한밤중에 여자 혼자 자고 있는데 누군가에게 쫓기던 남자가 몸을 피하려고 방에 뛰어들었다든가, 우연한 사고로 말다툼을 하면서 알게 된 사이라든가, 아니면 위기에 처한 자신을 극적으로 구해 주면서 만나게 된 남자라든가 하는 경우에는 그 남자와 연애를 시작할 가능성이 매우 높다. 이런 사건은 소설 속에 흔히 나오는 극적인 구성과도 같다.

여자는 남자와의 극적인 만남을 운명적인 인연으로 상상한다. '왜 하필이면 그 순간 그 남자가 나타났을까? 이것은 우연한 일이 아니다.' 하면서 말이다.

하지만 그와는 정반대로 둘 사이의 만남이 거의 판에 박은 듯 형식적으로 이뤄지는 소개나 맞선만큼 웃기는 일도 없다. 나는 이런 연애를 감히 합법적인 매음행위라고 생각한 적도 있었다. 아무런 감정 개입 없이 조건만을 따져서 짝을 이루는 것처럼 우스꽝스러운 일이 어디 있는가.

1790년대 프랑스에서도 맞선 결혼이 유행했다. 젊고 아름답고 교양도 뛰어난 여자가 품행도 나쁘고 머리도 둔하지만 돈은 많은 남자의 아내가 되는 것이 허다했다. 주로 사회 저명인사들이나 부자들 사이에서 벌어지는 일이었다.

어떤 쌍은 단지 세 번 만나서 결혼한 경우도 있었다. 그런데 문제는 부끄럽게도 그런 일을 자랑스럽게 말한다는 점이다.

"세 번 만나고 결혼했어요. 정말 운명적이지 않나요?"

그리고 그런 일이 통용되는 프랑스 사회에서 그들은, 자신의 현명한 선택으로 사랑을 시작하는 젊은 여자들에게 경솔한 짓이라고 비난하거나 잔인하게 모욕을 퍼붓는 경우가 많은데, 그것은 매우 위선적인 행동이다.

의식이라는 것은 원래 가식적이며 미리 그 형식이 정해져 있는 것이기 때문에 그것에 어울리게 행동한다. 따라서 그런 맞선 자리에 나가게 된 여자의 상상력은 마비될 수밖에 없다.

미래의 남편이 될 남자와 틀에 박힌 맞선을 보는 동안, 여자는 두려움과 수치심의 상태에서 자신이 짊어져야 할 부담과 역할만을 생각하기 때문에 남자를 살필 여유조차 없다. 이러한 상태는 상상력을 죽이는 원인이 된다.

이런 여자는 단지 두세 번 만난 남자와 성당에서 몇 마디로 사랑을 맹세한 후 침대에 들어간다. 이런 행위는 2년 동안 열렬히 사랑하던 남자에게 마침내 여자가 몸을 허락하는 일보다 훨씬 정숙하지 못하다.

프랑스에서는 종교가 결혼 생활의 모든 죄악과 불행을 가져오는 원천이 되었다. 결혼 전에는 연애할 수 있는 자유를 박탈했고, 결혼 후에는 남편을 잘못 선택했거나 그렇게 하도록 강요당했더라도 이혼을 금지함으로써 불행한 결혼 생활을 지속했다.

그러나 독일에서는 어느 아름다운 귀부인이 최근에 네 번째 결혼식을 했다고 공공연하게 말하고 다닌다. 더구나 그 자리에는 세 명의 전남편도 참석했다고 한다. 물론 이것은 극단적인 예이다. 그러나 포악한 남편을 처벌하는 이혼만 자유롭게 할 수 있다면 수많은 가정이 구제될 것이다.

맞선 같은 형식적인 만남이라도 처음 만난 남자가 어딘지 믿음직하면서도 동정심을 일으킬 만한 표정을 하고 있다면 여자는 연애 감정이 싹튼다.

* 메러디드(Owen Meredith) : 1831~1891 / 영국 정치가, 시인.

연애에는
나이가 따로 없다

> 자신의 실제 나이를 말해주는 여자를 믿어서는 안 된다.
> 그런 여자는 다른 것도 뭐든지 다 말해줄 것이다.
> _ 와일드*

          인간은 본능적으로 쾌락에 약한 존재로 태어나는데, 특히 사랑의 쾌락에 매우 약하다. 남녀가 사랑을 느끼는 연애 감정이란 인간의 의지와는 상관없이 자연스럽게 자신도 모르는 사이에 발생하였다가 사라지는 열병이다.

  이것이 바로 상대방에게 자신의 정열을 모두 쏟아내는 데 큰 의미를 두는 정열적 연애와 화려한 장밋빛 컬러를 그리며 불쾌한 것을 싫어하는 취미적 연애의 차이다.

  또한 연애는 젊은이들에게만 주어진 특권이 아니다. 흔히 젊은이들은 중년층, 장년층의 연애를 보면, "어른들도 사랑의 감정을 느끼는 것일까?" 하며 의문을 갖는다. 그러나 연애에는 하한선과 상한선이 따로 정해져 있지 않기 때문에 연애 감정을 느끼는 나이는 아무런 상관이 없다.

　기록에 의하면, 프랑스의 데팡 부인은 68세의 나이에 당시 50세였던 영국의 문인 호레이스 월폴을 정열적으로 사랑했다. 그뿐만 아니라 남녀의 사랑에는 나이 차이가 10살에서 40살까지 이루어지는 연애 사건들이 수없이 많다. 또한 요즘은 연하남과의 연애도 이루어지고 있다. 이렇듯 남녀 간의 사랑에는 국경이 없는 것처럼 나이의 제한도 없다.

　지금 이 순간 누구든 순간적으로 이성을 보고 얼굴이 붉어지고 당황해 한다면 정열적인 연애에 빠진 것이다. 나이와는 상관없이 어떤 사람을 보면 태연한데, 어떤 사람을 보면 왜 당황하고 가슴이 뛰는 것일까? 부끄러움, 그것은 지금 자신이 연애를 하고 있다는 숨길 수 없는 확실한 증거이다.

---

* 와일드(Oscar Wilde) : 1854~1900 / 아일랜드 시인, 극작가.

인간을 성숙하게
만드는 연애

> 남자들의 모든 논리는
> 여자들의 한 가지 감정보다 못하다.
> _볼테르*

사랑에 깊이 빠진 한 친구가 말했다.

"루터가 종교개혁으로 중세 말기의 사회를 그 뿌리부터 뒤흔들어 세계를 합리적인 기초 위에 다시 세웠듯이, 고귀하고 고상한 영혼은 사랑으로 다시 만들어지고 단련되는 것이지. 그래야만 비로소 인생의 모든 유치하고 철없는 감정에서 벗어날 수 있다네.

나는 사랑을 경험하고 난 후에야 비로소 위대한 성품에 도달할 수 있는 방법을 배웠다네. 사랑을 하기 전까지 나는 보잘것없는 인간이었어. 그래서 스스로를 위대하다고 생각하고 싶었던 거야.

연애는 인간의 영혼을 구원하는 것이라네. 청춘의 시기가 지나면 세상일은 관심도 없어지고 공감할 만한 일들도 없어지지. 어릴 때 친구들은 죽거나 뿔뿔이 흩어져 버리고, 곁에 남아 있는 사람들은 늘 한 손에 잣대를 쥐고 이해와 허영심을 재고 있는 멋대가리 없는 작자들뿐이야.

이는 섬세한 영혼은 돌보지 않고 방치하기 때문에 점점 불모지가 되어 가고, 서른 살도 채 되기 전에 감미롭고 부드러운 감정들은 느끼지 못하게 되지. 이 불모의 사막 한가운데에 젊은 시절보다 더 풍부하고 신선한 감정의 샘을 솟아나게 하는 것이 하나 있는데, 그것이 바로 사랑이라네.

젊은 시절의 희망은 막연하고 변덕스럽고 새로운 것만 찾아서, 어제 찬미한 것도 오늘은 쳐다보기도 싫어지는 경우가 허다했지. 무엇에 몸을 바치는 일도 없었고, 영원히 지속되는 강한 욕망도 없었다네.

그러나 연애를 해 보니, 사랑만큼 명상적이고 신비하며 영원히 그 대상과 하나가 되는 것은 없더군. 사랑하는 여자와 관계있는 것은 모두 마음을 감동시키는 거야. 세상 모든 것이 심드렁했었는데, 이제는 애인의 집 가까이 있는 성문의 이름만 들어도 가슴이 뛴다네.

아직도 정열적으로 연애를 해 보지 않은 남자들이여! 인생의 가장 아름다운 나머지 반쪽을 결코 놓치지 말고 즐겨라."

---

* 볼테르(Voltaire) : 1694~1778 / 프랑스 풍자시인, 수필가, 극작가.

지나친 사랑은
연애의 허상

> 나는 허상에 갇힌 채 그것을 끌고 다닌다.
> 내가 이 허상의 허상을 영구히 남길 필요가 있는가?
> _ 플로티누스*

사람마다 약간의 차이는 있겠지만 흔히 지나치게 예민한 사람은 호기심이 많고, 극단적인 편견에 사로잡히기도 쉽다. 반면 학교를 갓 졸업하고 사회에 첫발을 내디딘 순진한 젊은 이들 중에도 상대 연인에게 극단적으로 몰두하는 경우가 있다.

그처럼 감정의 양극단을 오르내리는 사람들은 감수성이 너무 예민하거나, 반대로 감수성이 전혀 없기 때문에 사물을 볼 때 그 사물 그대로 느끼지 못할 뿐만 아니라 사물이 지닌 참된 감각도 제대로 못 본다.

다른 사람이 보기에는 미친 듯이 연애에 빠진 사람, 혹은 발작을 일으키듯이 연애를 하는 사람은 마치 신용대출을 받아서 사랑하는 것처럼 진정으로 사랑하는 사람이 나타날 때까지 기다리지 못하고,

자신의 열정에 못 이겨 스스로 상대방을 정하고 자신이 먼저 몸을 내맡겨 버린다.

따라서 그런 영혼을 가진 사람은 상대를 있는 그대로 느끼고 경험하기에 앞서, 자신의 상상 속에서 상대방의 매력을 실제보다 확대 포장해서 보게 된다. 그 때문에 연애 상대의 매력이란 사실은 자기 머릿속의 끝없는 상상력에서 나온 것일 뿐이다.

그런 사람은 상대를 가까이 경험해 보면서 그 사람의 실체를 제대로 파악할 수 있을 때에도 상대방을 있는 그대로 보는 것이 아니라 자기가 만들어 낸 허상으로 본다. 이와 같은 경우에는 결국 상대방의 겉모습을 통해서 자신이 스스로 만들어낸 자신의 허상을 느끼는 데 불과하다.

그러나 이처럼 무모한 사랑의 환상에 빠진 사람들도 언젠가는 일방적으로 사랑을 퍼붓는 일에 스스로 지치고 만다. 자신이 사랑하는 대상에게 아무리 열렬한 사랑을 퍼부어도 자신에게는 늘 아무것도 돌아오지 않는다는 것을 깨닫게 되는 것이다.

그 깨달음은 지금까지 상대에게 열렬히 몰두하던 행동도 멈추게 되고, 자존심의 상처와 실패의 반사적인 행동으로 그때까지 자신이 과대평가해 온 상대를 가혹할 정도로 평가절하 해 버린다. 이 같은 사랑은 서로에게 얼마나 많은 아픔과 비참한 결과를 가져오겠는가?

* 플로티누스(Plotinus) : 205~270 / 그리스 철학자.

스킨십이 연애에
미치는 영향

> 느낌이 직접 하는 말은 비유적이며
> 다른 것으로 대체될 수 없다.
> _파스테르나크*

        남자가 사랑하는 여자의 손을 처음 잡는 순간만큼 행복한 순간도 없을 것이며, 이 순간의 행복은 영혼이 느끼는 행복이다. 이에 반해 섹스에서 느끼는 행복은 훨씬 현실적이며, 자칫 잘못하다가는 다른 사람들의 농담거리가 될 수도 있다.

  정열적인 사랑에 빠진 사람들에게는 남녀가 서로의 감정을 표현하는 섹스는 그다지 큰 행복이라 할 수 없다. 그러나 그 단계에 이르기 위한 과정과 마지막 단계에서 느끼는 행복은 더욱더 크게 느낀다.

한 예를 들어보자.

  '모티머'라는 남자는 '제니'라는 여자를 사랑하고 있었다. 모티머는 여행 중에 제니에게 편지를 보냈지만 그녀는 답장을 하지 않았다. 속이 탄 모티머는 여행에서 돌아오자마자 제니를 찾아갔다. 제니는 아카시아 숲을 산책하며 모티머에게 손을 내밀어 그를 기쁘게 맞아 주었다. 모티머는 그 순간 그녀가 자신을 사랑하고 있다고 확신했다.

그러나 그 후 제니는 다른 남자와 사랑에 빠졌다. 나는 모티머에게 "제니는 자네를 사랑하지 않았던 것이네"라고 말하자, 그는 그녀가 자신에게 손을 내밀었던 행동을 사랑의 증거로 내세웠다. 하지만 그 이상의 증거는 말하지 못했다.

모티머는 그녀와 헤어진 후에도 아카시아 숲을 거닐며 그 당시 아름다웠던 순간을 감상한다. 그에게는 그 순간이 생애에서 가장 행복했던 순간이었던 것이다.

그렇다면 각 나라를 여행하며 수많은 연애를 해본 한 솔직한 남자가 내린 결론에 귀를 기울여 보자.

"두 사람이 연애를 할 때 신체 접촉을 하는 순간은, 아름다운 5월의 하루와 같은 시간이다. 그러나 잘못하면 가장 아름다운 희망을 순식간에 시들게 할 수도 있고, 사랑의 운명까지 숨을 거둘 수 있는 위험한 순간이다."

연인과의 스킨십이 이루어지는 순간은 자연스럽게 행동하는 것이 최고의 방법이다. 그러나 긴장한 남자는 자기도 모르게 멋있는 말을 하거나 허세를 부리려고 한다. 하지만 여자는 스킨십이 이루어지려는 순간에 어색한 말을 하거나 허세를 부리면 감정이 모두 식어 버린다.

---

* 파스테르나크(Boris Pasternak) : 1890~1960 / 러시아 소설가, 시인.

음악이 연애에 미치는 영향

> 음악과 리듬은 영혼의 은밀한 장소에 파고든다.
> _ 플라톤*

음악과 리듬은 영혼을 편안하게 하듯이 완벽한 음악은 사랑하는 연인을 만났을 때 느끼는 것과 똑같은 기쁨과 환상을 안겨 준다. 사람에게 음악만큼 연애 감정에 빠지게 하는 예술 장르가 있을까?

가슴깊이 파고드는 아름다운 음악을 들으면 연인의 모습이 떠오르고, 그 같은 연상 작용에 의해서 상상속의 연인을 만나게 하는 것이 음악의 매력이다. 따라서 연애에 빠진 남녀가 함께 음악을 들으면 연애 감정이 더 커지고, 음악이 있는 곳에서 처음 만남이 이루어질 경우 연애성공률이 더 크다.

예를 들어 로시니의 오페라 〈비앙카와 팔리에로〉Bianca e Falliero에 나오는 사중창 첫 부분의 가냘픈 클라리넷 솔로와 중간쯤에 나오는 독창을 들으면 부드럽고 구슬픈 멜로디가 지나친 비극적 감정을 멀리하게 하고, 사랑의 감정과 상상력에 빠져들게 한다. 이 같은 현상은 연애 감정에 빠져서 감수성이 예민하고 불안한 영혼을 감미롭게 감싸 준다.

이런 느낌은 개인적인 정서에만 국한되지 않는다. 한참 사랑에 빠져 있는 연인이라면 로시니의 〈아르미다와 리날도〉Armida e Rinaldo의 이중창을 다른 사람보다 더 황홀하게 즐길 수 있을 것이다.

이 음악은 사랑에 빠져 있는 행복한 연인 사이에서 일어날 수 있는 사소한 질투와 의심, 그리고 그 뒤에 찾아오는 화해와 달콤한 기쁨의 순간을 정확하게 묘사한 곡이기 때문이다.

이처럼 음악은 그 무엇보다도 강력하게 남녀가 사랑할 수 있는 연애 감정에 빠질 수 있도록 만들뿐만 아니라, 연애를 더욱더 풍성하고 감미롭게 만드는 역할을 한다.

---

* 플라톤(Plato) : 기원전 428~347 / 그리스 철학자.

행복한 데이트를 하는 법

반쪽짜리 진실은 큰 거짓말인 경우가 많다.
_프랭클린*

남녀가 사랑을 하는데 연애의 기술은 무엇인가?

그것은 간단하다. 자신의 감정을 그때그때 정확하게 표현하는 것이다. 즉 자신의 영혼에 귀를 기울이면 된다. 하지만 자신의 감정을 제대로 표현하는 것이 쉽지 않다. 진정으로 사랑에 빠진 남자는 여자에게서 어떤 기쁜 말을 듣는 순간 벌써 말할 힘조차 없어진다. 그렇기 때문에 그 뒤에 이어질 자연스러운 행동까지 못하게 된다.

만일 남자가 여자에게 다정한 말을 속삭일 기회를 놓쳤을 경우에는 그냥 잠자코 있는 편이 더 낫다. 상황이 적절하지 못할 때 다정한 말을 꺼내어 오히려 어색해지는 것보다는 침묵이 더 효과적이다. 그것은 10초 전에는 아주 적절한 말도 지금 순간에는 어색할 수 있기 때문이다.

이 같은 현상은 남자 생각에는 재미있다고 판단한 말이 적절하지 못한 시기에 말을 할 경우 여자는 성격이 민감해서 신경에 거슬릴 뿐이다. 또한 남녀 간에 내뱉는 거짓말은 신뢰를 동반하지 않기 때문에 가장 무섭다. 그 말이 아무리 사소한 악의 없는 말이라 해도 남자의 거짓말은 순식간에 여자의 행복을 빼앗고 의심의 구렁텅이 속으로 빠뜨린다.

여자는 남자가 너무 열정적이거나 저돌적이면 싫어할 뿐만 아니라 경계심을 갖고 방어 자세를 취한다. 남자는 여자가 어떤 질투나 불쾌감을 느껴서 냉정한 태도를 보인다면 사랑을 불러일으킬 만한 화제거리를 찾는 것이 좋다. 처음에는 분위기를 띄울 만한 한 두 마디 이야기를 한 후에 자신의 솔직한 마음을 정확하게 표현한다면 여자는 생생한 기쁨을 느낀다.

대체로 남자들은 어떻게 해서든 멋있고 감동적인 말을 여자에게 하려고 하는데, 이것이 곧 실수이다. 여자는 멋있고 감동적인 말보다는 솔직한 남자에게서 사랑을 느낀다. 그러므로 다른 사람들이야 어떻게 하든 신경 쓰지 말고 자신은 그때그때 느낀 것을 솔직하게 표현해서 친밀하고 자연스러운 분위기를 만들어야 한다.

이렇게 세상의 기준을 벗어버릴 용기만 있다면 남자와 여자는 곧 화기애애한 분위기를 되찾을 수 있다. 남자와 여자의 분위기가 자연스럽고 신뢰로 이어진다면 두 사람의 행복은 하나로 이루어진다. 그 결과 서로를 이해하는 마음과 본성의 법칙으로 남녀의 결합은 이 세상에서 존재할 수 있는 최대의 행복이 되는 것이다.

남녀가 행복한 데이트를 하기 위해서 반드시 필요한 것은, 바로 자연스러움이다. 자연스러움이란 평소대로 행동한다는 뜻이다. 남자가 사랑하는 여자에게 거짓말을 안 하는 것은 당연할 뿐만 아니라 진실을 미화하거나 과장해서도 안 된다. 한번 진실을 미화하기 시작하면 미화한 말에만 온 신경이 집중되기 때문에 연인 감정에 진실하게 반응할 수 없다.

그런데 재미있는 사실은, 여자는 남자가 자신에게 집중하지 않고 있다는 것을 금세 눈치 챈다. 그래서 여자는 남자에게 애교와 교태로 자신에게 집중하도록 만든다.

남자는 감각이 둔한 여자와는 연애의 성공률이 아주 낮다. 이는 둔한 여자들은 남자의 가식적인 행동과 말을 눈치 채지 못하고, 남자도 그 가식적인 행동과 말이 편하게 느껴지기 때문에 연애에서 가장 중요한 자연스러움을 잃는다.

그때부터는 이미 사랑이 아니다. 그것은 우리 주위에서 흔히 볼 수 있는 흥정에 불과한 가식적인 사랑일 뿐이다. 그것이 보통 흥정과 다른 점이 있다면 돈 대신 쾌락이나 허영심을 얻는다는 것뿐이다.

남자는 자신이 가식적으로 행동해도 눈치 채지 못하는 여자에게는 마음을 쉽게 주지 못한다. 따라서 여자를 사귀는 중에도 훨씬 괜찮은 여자가 나타나면 남자는 그 여자를 떠난다.

    그러므로 지혜로운 여자라면 남자의 진실성에 조금이라도 의심이 생기면 정신 똑바로 차리고 그 상황을 자연스럽게 대처해야 한다.

---

* 프랭클린(Benjamin Franklin) : 1706~1790 / 미국 정치가, 과학자, 작가.

연애할 때
주의해야 할 친구 관계

> 질투는 사랑을 계속해서 살린다는 구실 아래
> 사랑을 죽이는 용이다.
> _H. 엘리스*

정열적인 연애에 빠져 있을 때, 동성 친구에게 자신의 연애 사실을 고백할 때에는 매우 신중해야 한다. 당신의 고백을 듣고 있는 친구는 당신의 경험을 사실적으로 믿기보다는 과장해서 듣기 때문에 질투의 감정을 느낀다. 지금까지 자신에게만 쏟던 친구의 마음과 정성이 다른 사람에게 갔다는 서운한 감정이 질투심으로 변할 수 있다. 특히 남자보다 여자들이 심하다.

여자들은 남자가 자기한테 빠져서 열정적인 사랑을 바치는 것을 인생에서 매우 중요한 일로 여긴다. 그러므로 자신이 아닌 친구가 바로 그 중요한 일을 겪고 있으니 질투가 생길 법도 하다. 하지만 한참 연애 중인 남녀는 끊임없이 머리에서 떠오르는 연인에 대한 의심의 속마음을 털어놓거나 냉정하게 조언해줄 친구가 한 명쯤은 필요

Chapter 1 연애 심리학 _ 67

한 법이다. 연애를 시작하면 실제보다 자신의 상상만으로 상대를 의심하는 경우가 더 많기 때문에 연애할 때에는 정신적으로 의지하고 조언해 줄 친구를 간절히 원한다. 그런데 놀랍게도 그런 경우에 연애를 망치는 친구가 있다.

예를 들어 지금 자기도 애인이 있지만 이미 정열이 식어버린 상태로, 허구한 날 '뭐 재미있는 일이 없을까' 하고 권태에 빠져 있는 여자 친구가 있다고 가정해 보자. 그런 경우 어떤 남자가 자기 친구에게 열렬히 빠져 있다는 사실을 알게 된다면, 그녀는 친구의 연애 관계에 개입하여 두 사람의 연애를 망칠 수 있다. 친구의 부러움이 질투로 변해서 자신의 행복을 만들어내는 친구이다. 그녀는 상대 남자 친구에게 여자 친구를 깎아내리면서 친구에게는 이렇게 변경할 것이다.

"난 단지 너와의 소중한 우정을 잃고 싶지 않았어."

또한 친구의 아름다운 연애 과정을 곁에서 지켜보면서 자신의 모습을 처량하게 느끼는 여자도 있다. 이런 여자는 친구가 사랑에 빠져 남자 친구만 생각하고 자신과의 우정은 내팽개쳤다고 생각한다. 그래서 그 친구에게서 배신감을 느끼고 친구가 자신을 만날 때에는 남자 친구 자랑을 하고 싶어서라고 생각한다. 가뜩이나 외롭고 슬픈 여자에게 친구의 아름다운 연애이야기는 질투가 나고 얄미울 뿐이다.

---

* 엘리스(Havelock Ellis) : 1859~1939 / 영국 심리학자, 수필가, 비평가.

연애 사실을 친구에게 털어놓는 법

> 가장 절친한 친구들이
> 가장 심한 슬픔과 원망의 원인이 된다.
> _ 페늘롱*

여자 친구들끼리 모여 자기 애인에 관해서 털어놓아도 되는 경우는 다음과 같은 솔직한 변명을 곁들일 때뿐이다.

"못된 남자들의 편견 때문에 이런 어리석고 괴로운 심리전을 하다니, 남자들이란 다 똑같다니까! 하지만 이런 나의 하소연을 들어주는 네가 있어서 정말 좋다. 나도 네가 남자 때문에 힘들어 할 때 도와줄게."

물론 친구관계가 어려서부터 진실한 우정을 키워 왔고 서로에게 어떤 질투도 느끼지 않는 진정한 친구라면, 친구의 연애를 망치거나 시기하지 않고 친구가 털어놓는 말에 귀를 기울일 것이다.

이렇듯 동성 친구끼리 열정적인 연애에 빠져 있다는 사실을 털어놓기에 가장 적당한 대상은 열정을 발산하지 못해 안달이 난 청소년들이다. 그 나이에는 연애가 인생에서 가장 큰 중대사일 뿐만 아니라 사랑은 본능적이라고 믿는다. 어른들은 그들이 아직 사랑하기에 어리다고 말하지 말라. 애교를 가장 잘 떠는 건 세 살짜리 계집아이다.

취미적 연애를 하는 사람들은 자기 연애담을 털어놓으면 연애 감정이 더 불타오르지만, 정열적인 연애를 하는 사람은 오히려 그 정열이 식어버린다. 자기의 연애 사실을 다른 사람에게 털어놓는다는 것은 위험하기도 하지만 그 감정을 제대로 전달하기도 쉽지 않다. 다른 사람의 연애담은 재미없는 이야기로, 웬만큼 친한 친구가 아니면 참고 들어주기 힘들다.

본래 말이라는 것이 감정의 미묘한 구석까지 전달하기 힘든 법이기 때문에 취미적 연애의 경우에는 이야기를 듣는 사람이 흥분하여 잘못 알아들을 수도 있고, 우연히 만들어 준 사랑을 정당하게 평가할 수도 있다.

따라서 자신의 연애 이야기는 자기 자신에게 털어놓는 것이 가장 좋다. 당신이 애인과 나눈 말들이나, 혹은 당신을 괴롭히는 문제들을 주인공의 이름을 바꾸고 특징을 잘 살려서 그날그날 일기처럼 자세하게 써 놓는다.

만일 정열적 사랑을 하고 있는 사람이라면 일주일 후에는 다른 사람이 되어 있을 것이다. 그때 자기가 써 놓은 글을 읽으면 좋은 충고가 된다.

남자들끼리는 주로 서너 명이 모이면 연애 이야기를 나누는데, 그럴 때는 될수록 육체적 연애에 대해서만 이야기하는 것이 좋다. 남자들의 대화는 결국 음담패설로 흐르기 일쑤이다. 그런 자리에서 자신의 진실한 사랑을 아름답게 미화해서 떠드는 사람처럼 어리석은 고문관은 없다.

---

* 페늘롱(Francois de Fenelon) : 1651~1715 / 프랑스 작가, 성직자.

연적이 생겼을 때
질투 퇴치법

평범한 여자는 항상 남편을 질투하지만
미인은 결코 그렇지 않다.
_ 와일드*

연애를 시작하면 무엇을 보거나 들으면 제일 먼저 애인이 생각난다. 그리고 흐뭇하고 따뜻한 감정이 스며들어 세상이 달라 보인다. 이것이 곧 사랑이다. 그러나 남녀 간의 사랑에 질투가 생기면 감정의 기복은 동일하지만 생각이 만들어 내는 결과는 정반대이다.

당신이 사랑하고 있는 여자가 다른 남자를 더 좋아한다면, 그녀 생각이 날 때마다 기쁨은커녕 심장이 난도질당한 것처럼 쓰라리고, 그녀를 향한 마음도 미워진다. 그때부터 당신은 모든 사물에서 연적과 관련된 것만 떠올린다.

만일 당신의 연적이 쉽게 가질 수 없는 아주 귀하고 비싼 말을 가졌다고 하자. 그때 당신이 숲 속에서 말을 타고 다가오는 아름다운 여자를 발견한다면 그 말로 인해서 당신은 곧 미칠 것 같은 분노가 치밀어 오르고, 아름다운 말을 볼 때마다 연적을 떠올린다.

'사랑이란 소유가 아니다' '사랑이란 스스로 느끼고 즐기는 것이다' 라는 사실을 까맣게 잊어버리고, 연적의 행복과 자신이 받는 모욕감을 과장하면서 고뇌는 절정에 이른다. 더구나 연인을 완전히 포기하지 못했거나, 연인에 대한 희망이 한 가닥이라도 남아있다면 극도의 고통스러운 불행에 빠지고 만다.

이러한 고통에서 빨리 벗어나고 싶다면, 일단 연적의 행동을 자세히 살펴라. 어처구니없게도 그 남자는, 당신의 심장을 멎게 만들었던 그 여자 앞에서 긴장을 풀고 있을지도 모른다. 이때 그 남자에게 당신이 질투하는 모습을 보여줘라. 그 남자가 모르고 있는 그 여자의 가치를 알려 줘라. 그러면 그 남자는 그 여자가 더 좋아져서 당신에게 감사할 것이다.

연적에 관한 한 중립적인 태도는 있을 수 없다. 그들 앞에서 아무렇지도 않은 듯 자연스럽게 농담을 하거나 아니면 그 남자에게 협박한다. 질투란 마음의 고통 중에서 가장 큰 것이므로, 때로는 연적을 죽이는 공상도 도움이 된다.

'적에게 절대 힘을 빌려 주지 말라' 는 원칙이 있다. 연적에게는 당신이 그 여자를 사랑하는 마음조차도 숨겨야 한다. 그리고 사랑과는 전혀 관계없는 자존심 등 어떤 구실을 만들어서 태연하게 말한다.

"여보게, 왜 모두들 저 여자를 나와 엮어 주려는지 알 수가 없네. 더구나 사람들은 모두 내가 그녀에게 반했다고 생각하거든. 자네가 저 여자를 원한다면 기꺼이 양보할 수 있네. 그러나 지금은 소문이 좋지 않으니 한 6개월쯤 지나서 저 여자를 차지하게. 헌데 세상 사람들은 무슨 이유에서인지 이런 일에도 남자의 자존심 따위를 운운하거든. 그러니 만약 자네가 차분히 6개월을 기다리지 못한다면 유감스럽지만 우리 둘 중 한 사람은 죽어야 할 걸세."

어차피 당신의 연적은 그 여자에게 그다지 정열적이지 않을 것이고, 아마도 매우 신중한 남자일 것이다. 따라서 당신의 결심을 알게 된다면 어떤 구실을 찾아서 곧 여자를 양보할 수도 있다. 하지만 이런 말은 농담처럼 가볍게 던져야 하고, 모든 담판은 극비리에 진행해야만 한다.

질투가 그토록 고통스러운 것은 당신의 자존심 때문이다. 하지만 이런 방법을 쓴다면 어느 정도 자신의 자존심을 지킬 수도 있고, 스스로 용기 있는 남자도 될 수 있다. 그러나 사태를 멜로드라마의 결말처럼 만들고 싶다면 지금 당장 여행을 떠나서 제일 먼저 눈에 띄는 클럽에 들어가 댄서와 사랑을 나누는 편이 더 나을 것이다.

그것은 당신의 연적은 당신이 이미 상처가 아물었다고 생각하기 때문이다. 그러므로 가장 좋은 방법은 연적인 남자가 여자에게 결정적인 실수를 해서 여자가 그 남자에게서 모든 정나미가 다 떨어지기를 기다리는 일뿐이다.

아울러 이미 남녀 간의 섹스가 이루어진 경우라면 여자에 대한 질투는 더욱더 무관심한 척해야 한다. 여자들은 애인이 질투를 느낄 만한 남자라고 생각하면 일부러 더 친해지려는 경향이 있고, 때로는 장난이 진짜 사랑으로 발전하기 때문이다.

누구나 질투의 순간에는 이성을 잃어버리기 쉽기 때문에 이런 충고는 잘 기억해 두는 것이 좋다. 특히 자연스럽고 태연한 척하는 것이 가장 중요하다. 이와 같은 마음을 유지하려면 철학서, 인문서 등을 읽으면서 마음을 다스리는 것이 효과적이다. 결국 이 모든 질투는 당신의 열정이 만들어낸 것이므로 무관심하다는 인상을 줄 수만 있다면 연적은 곧 무기를 잃게 된다.

그러나 자신의 열정적인 사랑과 질투와는 상관없이 이미 마음이 떠난 여자라면 미련 없이 다른 남자에게 보내주는 것도 남자의 멋이다.

---

* 와일드(Oscar Wilde) : 1854~1900 / 아일랜드 시인, 극작가.

자존심을 건드려서
연인을 잡는 법

네가 약속을 어기거나 자존심을 잃게 만드는 것은
결코 유익한 것이라고 여기지 마라.
_ 마르쿠스 아우렐리우스*

정열적인 연애에서는 남녀 간의 자존심 때문에 오기부리면 안 된다. 그러나 여자들은 상대 남자가 푸대접을 받고도 가만히 있으면 자신을 업신여기거나 더 이상 사랑해 주지 않을 거라는 생각에 질투를 한다.

여자는 질투가 생기면 상대방이 죽었으면 하는 마음까지 들지만, 남자가 오기부리는 것은 이와 전혀 다르다. 남자는 연적이 살아서 자신이 승리하는 것을 목격하길 바란다. 또한 연적이 경쟁을 포기하는 것도 원치 않는다.

남자가 오기부리고 있을 때는 명목상의 목적 같은 건 아무런 문제가 안 된다. 오직 승리만이 중요할 뿐이다. 그래서 남자는 연적 때문에 괴로워서 자살이라도 할 것 같았던 여자도, 연적이 사라지면 사랑도 곧 식어버린다. 남자가 오기로 하는 연애는 오래 지속되지 못한다. 그것은 연적인 장애물이 사라지면 그 사랑도 끝나기 때문이다.

흔히 부모가 결혼을 반대하면 더 죽고 못 사는 연인이 있는데, 이들의 사랑은 부모의 반대라는 장애물이 더 강한 자극을 받아서 지속되기 때문이다. 부모가 결혼을 반대하지 않고 그냥 놔두었다면 쉽게 끝나 버렸을지도 모른다.

그러나 정열적인 연애에서도 가끔은 상대방의 자존심을 자극해야만 연애가 지속되는 경우가 있다.

내가 아는 한 60대 남자가 런던 극장에서 가장 아름답고, 가장 변덕스럽기로 유명한 여배우와 만나는 것을 보았다. 나는 그에게 말했다.

"그 여자가 당신에게 충실할 것 같나요."

그러자 그는 자신만만하게 대답했다.

"그녀는 미친 듯이 나만 사랑하고 있다."

그 비밀은 바로 그녀와 자신의 딸 사이에 미묘한 자존심 싸움을 하게 한 결과이다.

특히 자존심을 이용해서 성공할 수 있는 연애는 바로 취미적인 연애이다. 예부터 여러 명의 자매 가운데 한 여자를 좋아한다면 자기가 선택한 그 여자가 아닌 다른 자매에게 잘해 주라고 했다. 그뿐만 아니라 들뜬 처녀의 마음을 얻고자 한다면 겸손한 태도로 '그녀에게는 마음이 없다'는 말을 퍼뜨리라고 했다. 하지만 정열적인 연애에서는 아주 위험한 방법이니 주의해야 한다.

   남자는 사랑이 식은 여자라도 그 여자가 다른 남자를 사랑하고 있다고 느끼는 순간 그 여자에게 다시 정열을 느낀다.

* 마르쿠스 아우렐리우스(Marcus Aurelius Antoninus) : 121~180 / 로마 황제.

서로 다투면서 유지되는 연애

> 부딧돌 불빛 속에서 길고 짧은 것을 다툰들
> 그 시간이 길면 얼마나 길겠는가?
> _ 채근담*

연인 중에서 한 사람이 월등하게 뛰어나다면 열등한 사람은 항상 상대에게 버림받을지도 모른다는 두려움 때문에 사랑의 결정작용이 멈추게 된다.

인간은 본능적으로 자기보다 똑똑하고 잘난 사람은 꼴 보기 싫어하는 법이다. 그런데 사랑하는 연인이 월등하게 뛰어난 사람이라면 어떻게 될까? 이런 사람과 사랑을 지속적으로 지켜나가려면 모자란 사람이 잘난 사람을 구박하거나 괴롭히는 관계가 되어야만 유지할 수 있다.

그렇다면 잘난 사람이 왜 구박과 괴롭힘을 당하면서도 연애를 하는지 이상할 것이다. 이미 잘난 사람 눈에는 사랑의 결정작용 때문에 상대가 최고로 보이고, 다른 사람들이 말하는 상대의 결점도 그 사람 눈에는 사랑을 더욱더 확고히 해주는 장점이 될 수 있기 때문이다.

두 사람이 서로 비슷한 수준의 연인이라면 서로 다투고 한쪽이 구박당할 때 연애가 지속되는 경우가 있다. 이런 연인은 죽기 전까지 버릴 수 없는 이기적이고 냉정한 인간의 본질에서 비롯된 것이기 때문에 오히려 정열적인 연애보다 더 오래 지속될 수 있다. 그러나 이런 관계는 이미 사랑이 아닌 추억과 육체적 쾌락만 남아 있을 뿐이므로, 두 사람 사이에는 매일 큰소리가 난다.

정열적 연애를 할 때에도 날마다 새로운 애정의 증거를 찾았듯이 '오늘은 또 무슨 일로 화를 낼까?' 하는 생각이 상상력을 사로잡는다. 그러나 잠시 자존심이 이런 관계를 거부한다. 그러면 몇 달간 폭풍이 지나간 뒤에 자존심이 사랑을 죽여 버리는데, 이 사랑이라는 고귀한 정열은 꺼지기 전까지 오랜 시간 저항한다.

두 사람 사이에서 한쪽으로부터 일방적인 냉대를 받으면서도 그 사람을 사랑하고 있는 사람은 싸움을 있는 그대로 인식하지 못하고 착각에 빠져 있는 것이다. 또한 상대로부터 달콤한 화해를 경험한 적이 있다면 싸우고 난 뒤의 고통스러운 시간을 더 잘 견딘다.

그리고 '어떤 말 못 할 고민이나 돈 문제가 있었을 거야' 라고 생각하며 사랑하는 남자를 용서하는 여자가 많다. 이런 여자들은 싸우는 일이 만성되어 있기 때문에 갑자기 지겹게 싸우던 남자가 사라지면 오히려 불안하고 어쩔 줄 몰라 한다.

이미 앞에서 언급했듯이, 상대에 대한 의심이나 불안감이 오히려 사랑을 지속시키기 때문이다. 그런데 성격이 급하거나 거친 남자, 교육을 제대로 받지 못한 남자의 경우에는 이러한 작은 의심이나 불안이 곧 싸움으로 이어진다. 여자 역시 좋은 교육을 받지 못하고, 인격이 부족해서 예민한 감수성을 지닌 경우에는 이런 종류의 사랑이 훨씬 매력 있다고 느낀다. 또한 아무리 섬세한 여자라도 남자가 사랑의 정열 때문에 그토록 화를 낸다고 생각한다면 그를 더욱 사랑할 수밖에 없다.

그래서 애인에게 가장 그리운 것이 뭐냐고 물으면 "그녀가 내 머리에 내던진 촛대"라고 말하는 남자도 있다. 실제로 자존심만 허락한다면 사는 게 권태롭게 느껴지는 배부른 연인들에게는 이런 사랑싸움도 즐거움이라 느낀다.

---

* 채근담 : 중국 명나라 말기. 문인 홍자성, 환초도인이 저작한 책.

상사병을 고치는 법

> 가장 위대하고 영예로운 사랑이 있다면
> 생이별보다 죽어서 결합되는 것이 더 낫다.
> _ 발레리우스 막시무스*

사랑의 병을 치료할 수 있을까?

사실상 불가능한 일이다. 그러나 절박한 위험이 계속되어 자신을 보호할 수밖에 없는 본능에 집중한다면 사랑하는 사람에 대한 생각을 잊을 수도 있다.

예를 들어 배를 타고 가다가 16일 동안 계속되는 폭풍우를 만나게 된다면 상사병이 치유될 수 있을까? 그런 절박한 경우가 아닌 이상, 사람은 위험에도 곧 익숙해져서 적을 전방 20미터 지점에 두고도 평소보다 더 강하게 연인을 떠올린다. 그것은 마치 생의 의지처럼 어떤 위험에도 떨어지지 않는다.

진정으로 사랑에 빠진 남자는 연인을 상상하는 것만으로도 행복하다. 그런 남자에게 사랑하는 여자를 떠올리지 못하게 하는 것은 인간의 힘으로는 막을 수 없다. 이처럼 사랑에 빠진 남자에게는 연인을 생각하는 일이 가장 중요하기 때문에 그 외의 일은 그다지 문제가 안 된다.

그러므로 상사병에 걸린 친구를 진심으로 도와주고 싶다면 무조건 친구가 사랑하는 여자 편을 들어 줘라. 그런데 친구 중에 지혜는 없고 의욕만 있는 친구가 꼭 반대로 행동해서 역효과를 내는데, 친구의 상사병을 고치고자 한다면 명심해야 할 것이 있다.

즉, 사랑에 빠진 남자는 여자에게서 말도 안 되는 일이 눈앞에서 일어난다 해도 그것을 받아들인다. 만약 그것을 받아들이지 않을 경우 자신이 모든 것을 걸고 사랑한 여자를 단념해야 하기 때문이다. 그래서 남자는 아무리 여자에게 명백한 결점이 있어도, 잔인하게 배신을 한다 해도 그 사실을 부정한다. 정열적 연애를 하는 사람이 어느 정도 시간이 흐르면 상대의 모든 것을 용서하는 것도 이와 같은 이치이다.

따라서 친구의 상사병을 고쳐 주려거든 노골적으로 그의 마음을 딴 곳으로 돌려놓으려고 하지 말고, 그가 자신의 사랑과 애인에 대해서 지겨울 정도로 실컷 이야기하도록 놔둬라.

그와 동시에 친구에게 여러 가지 일을 만들어 줘라. 하지만 여행은 혼자 가게 해서는 안 된다. 혼자 떠나는 여행은 어느 곳을 가거나 누구를 만나거나 사랑했던 연인을 떠올리게 한다. 실연한 남자가 마음을 정리하기 위해서 떠나는 먼 여행은 정말 위험하다. 실연의 처방은 절대 여행이 아니다.

또한 친구가 혼자 있다가 헤어진 여자를 찾지 않도록 늘 곁에 있어라. 그리고 연애 과정을 충분히 되돌아보고 반성할 수 있도록 유도하고, 그 반성이 무의미하다는 생각이 들게 만들어라. 그러면 자신의 연애도 그저 일상의 한 부분이었다는 것을 깨닫게 될 것이다.

정열적인 사랑을 하고 난 후 사랑했던 여자를 잊지 못하는 이유는, 머릿속으로 아무리 잊으려 해도 그녀와의 만남이 싫증나지 않는 몇몇 순간이 있기 때문이다. 그러나 정이 많고 감수성이 풍부한 사람에게는 힘들겠지만, 가장 효과적인 방법은 자신의 자존심을 건드려서 잊는 방법이다.

---

* 발레리우스 막시무스(Valerius Maximus) : 1세기 / 로마 작가.

사랑했던 연인을 잊는 법

> 남자의 맹세는 여자를 배신한다.
> 그것은 여자를 유혹하는 미끼다.
> _ 셰익스피어*

"내 친구를 배신하다니, 이런 나쁜 여자는 세상에 없다."

친구를 위로 한답시고, 이런 말로 친구의 헤어짐의 상처를 고치려는 것은 어리석은 행동이다. 사랑에는 옳고 그름 없이 자신이 느낀 사랑의 기쁨만큼 혹은 그 어떤 희생의 대가도 이미 지불했다고 느낀다.

남녀가 서로 사랑하면서 상대방에게 "당신은 나에게 해 준 것이 뭐냐?"고 말하는 것은 그동안 상대방을 사랑의 대가로 계산하면서 만나는 천박한 행동이다. 진실한 사랑을 물질로 계산하려는 행위는 매춘과 같다.

남녀 간의 사랑은 사랑 그 자체만으로도 이미 서로가 충분히 보상받기 때문에 연인이 잘못했다고 여길 때에는 오직 솔직하지 못할 때다. 연인은 상대방이 솔직하게 마음을 열어 주기 원한다. 연애가 처음 시작될 무렵 상대방에게 관심 있는 작은 애정까지도 확실하게 잘라 버리는 것 외에는 이미 시작된 사랑은 임의적으로 막을 방법이 없다.

혹은 헤어진 애인을 잊기 위해서 여행을 떠난다든가, 닥치는 대로 다른 사람을 만난다든가 하면서 마음의 상처를 잊는 방법도 있겠지만, 친구가 일을 꾸며 도와주는 방법도 있다.

예를 들어 친구의 애인이 친구의 연적에게는 상냥하고 친절하면서 친구에게는 그렇지 않다는 것을 슬쩍 말로 표현해서 일을 꾸민다. 아무리 사소한 일도 괜찮다. 사랑에 빠진 남자에게는 별 하찮은 것도 큰 의미를 갖기 때문이다.

만약 높은 산에서 내려올 때 연적의 손을 잡아 도움을 받았으면서도, 정작 친구가 내민 손은 잡지 않았다고 쳐 보자. 이런 하찮은 일에도 정열에 사로잡힌 남자는 비극적이 되어 결정작용을 형성하는 판단의 하나하나에 굴욕감을 결부시킨다. 그렇게 될 경우 마침내 사랑을 중단하게 된다.

그러나 친구에게 쌀쌀맞게 대하는 여자에게 보기 흉한 육체적 결함이 있다고 중상모략해서 친구에게 이야기 하더라도 친구의 사랑은 별 위협을 받지 않는다. 설령 그 거짓말이 사실일지라도 사랑에 빠진 남자는 그 결함을 받아들이기 때문이다.

그렇다면 사랑의 환상에 대항할 수 있는 것은 무엇일까?

그것은 또 다른 사랑의 환상뿐이다. 따라서 친구가 사랑 때문에 위험해지는 것을 막으려면, 연인에 대한 사랑의 환상이 지나치지 않도록 도와준다. 정신세계가 맑고 깨끗한 친구일수록 사랑의 상처를 받을 확률이 더 높다.

이런 친구가 한 사람에게만 지속적으로 관심을 갖고 있다면 위험한 일이 생길수도 있으니 친구의 마음을 다른 곳으로 돌리도록 한다.

* 셰익스피어(William Shakespeare) : 1564~1616 / 영국 극작가, 시인.

| 여자의 심리

여자가 남자에게 첫눈에 반하는 심리

> 사랑하거나 미워하는 것은 우리 힘이 미치지 못하는 것이다.
> 우리의 의지는 운명의 지배를 받기 때문이다.
> _ C. 말로우*

"그녀를 보는 순간 벼락을 맞은 것 같았습니다."

여자를 보는 순간 첫눈에 반해서 사랑에 빠진 남자는 대부분 이렇게 말한다. 물론 그 말을 믿지 못하는 사람도 있지만 그런 일은 분명히 있다.

베를린에 빌헬미나라는 여자가 있었다. 남자들은 그녀 주위를 맴돌면서 구애를 했지만 그녀는 사랑 자체를 경멸하고 사랑의 광기에 조소를 보냈다. 그녀는 매우 아름다웠으며, 지식과 재능은 물론이고 막대한 재산까지도 소유하고 있었다. 그녀는 누가 봐도 부러워 할 만큼 모든 것을 갖춘 여자였다.

그녀의 행동은 사교계의 높은 신분을 지닌 남자들의 호의나 프러포즈를 늘 예의 바르게 거절했다. 그녀의 이러한 태도는 여자의 행실 면에서 본보기가 되었다. 남자들도 그녀에게 접근을 자제했으며, 사랑도 단념하고 단지 우정만이라도 나누길 바랐다.

그러던 어느 날 밤, 빌헬미나는 무도회에서 헤르만이라는 젊은 남자와 십오 분 정도 춤을 춘 후에 갑자기 달라졌다. 그녀는 헤르만에게 완전히 사로잡혔다. 당시 빌헬미나가 친구에게 보낸 편지에는 이렇게 써 있었다.

"친구야. 그 순간, 그 남자는 나를 지배해 버렸다. 그를 만나는 행복보다 더 큰 것은 아무것도 없었다. 나는 단지 '그가 내게 관심이 있을까' 하는 생각뿐이었다. 처음 본 그에게 내가 왜 그렇게 열렬하게 매혹 당했는지 지금 생각해도 부끄럽다. 그가 내게 "날 좋아 하세요?" 하고 물었다면, 나는 즉각 "네" 하고 대답했을 것이다. 나는 그 순간 내가 혹시 독약을 잘못 먹은 것이 아닐까? 하는 생각조차 들었다. 도대체 만난 지 15분도 안 되는 남자를 그토록 그리워하다니! 어떻게 그럴 수가 있단 말인가? 나와 춤을 추고 난 후에 그는 왕과 함께 무도장에서 나갔다. 그 순간 나는 깊은 절망에 빠졌다. 집에 돌아온 후에도 나는 정열을 가라앉힐 때까지 큰 고통을 겪어야 했다. 친구야. 그날 밤 이후 나는 본래의 정숙한 나의 모습으로 돌아가는 데 얼마나 힘들었는지 모른다."

빌헬미나는 이성적인 자기가 겨우 한 번 만난 헤르만에게 왜 그렇게 사랑에 빠졌는지 아무리 생각해도 알 수가 없었다. 마침내 그녀

Chapter 1 연애 심리학 _ 89

는 어떤 알 수 없는 힘이 자신의 이성을 빼앗았다고 생각했다. 결국 그녀는 헤르만에게 고백 한 번 못한 체 사랑의 열병을 앓다가 독약을 마시고 비참하게 최후를 맞았다.

그렇다면 헤르만이라는 남자는 어떤 남자였을까? 그의 매력은 그저 춤 잘 추고, 쾌활한 성격에 인상이 좋다는 것 뿐, 창녀 집에 드나들며 여자들과 어울리는 가난하고 보잘것없는 남자에 불과했다.

여자가 이처럼 첫눈에 반하려면, 상대 남자에게 어떤 의심이나 경계심이 전혀 없고 마음이 지쳐 있어야 한다. 말하자면 자신의 인생에 어떤 극적인 사건이 일어나길 바라는 여자에게서 이 같은 일이 일어날 확률이 많다.

빌헬미나 본인은 의식하지 못하고 있었지만 그녀는 너무 오랫동안 남자에게 의심과 경계심을 갖고 있었다. 그 결과 오랜 기간 연애 감정을 느껴 보지 못한 무료한 상태에서 지쳐 있었다. 또한 그녀는 사회적 관습에 저항하여 이룰 수 없는 사랑에 성공한 여자들의 얘기를 들으면서도, 별것도 아닌 자존심 때문에 외롭게 살아가는 자신의 모습이 불만스러웠다.

이런 상황에서 빌헬미나는 자신도 모르는 사이에 이상적인 남자의 모습을 마음속으로 품고 있었고, 바로 그때 이상형에 가까운 남자가 나타나자 갑자기 정신을 못 차리게 된 것이다. 그리고 이러한 만남이 곧 운명적인 남자로 여겨 연애의 결정작용을 시작한다.

이런 상황에 빠지는 여자는 영혼이 너무 고결하기 때문에 사랑을 시작하면 곧 정열적 연애에 빠진다. 차라리 다른 여자들처럼 남자 앞에서 교태라도 부릴 수 있는 성격이라면 불행한 사태는 피할 수도 있었다. 그처럼 여자가 남자를 보고 첫눈에 반하는 일은 종교와 도덕의 억압에 대한 반발에서 오기도 하지만, 순결을 지켜야 하는 단조로운 생활이 가져온 권태의 결과이기도 하다.

하지만 일반적으로 여자가 남자를 보고 첫눈에 반하는 일은 매우 드물다. 이는 나중에 맘에 드는 남자가 나타나면 어떤 식으로 사랑을 하겠다고 미리 마음먹고 있더라도 자신의 사회적 지위나 처지를 생각하면 첫눈에 반하는 일은 일어날 수가 없다. 특히 여자가 남자 문제로 불행한 경험을 겪었다면 남자에게 의심과 경계심이 많기 때문에 첫눈에 반하는 일은 거의 없다.

그와 반대로 오래전부터 동성 간의 친구로부터 어떤 남자를 흠모하며 칭찬하는 얘기를 듣던 여자는 그 남자를 보는 순간 첫눈에 반할 확률이 아주 높다. 이는 친구의 얘기를 통해서 이미 그 남자에게 매혹될 준비가 되어 있기 때문이다.

그러나 여기서 주의해야 할 일이 하나 있다. 남자를 처음 보고 마음에 들었다고 해서 첫눈에 반했다고 착각하는 경우이다. 감성이 풍부하지 못한 여자가 삭막한 삶에 권태를 느낀 나머지, 어느 날 밤 우연히 만난 한 남자를 자신의 운명이라고 생각하는 경우이다. 그리고는 그때까지 줄곧 상상해 오던 위대한 영혼의 충돌을 경험했다고 자랑스럽게 여기는 실수를 저지른다.

영리한 남자들은 그런 착각에 빠진 여자의 심리를 꿰뚫고 있을 뿐만 아니라, 그 상황을 자신이 원하는 대로 이용할 수도 있다. 또한 육체적인 사랑도 첫눈에 반한다. 그러나 이런 경우는 그 남자를 며칠 못 만났거나 남들이 그에 대해 좋지 않게 평가한다면 좋았던 감정은 곧 사라진다.

---

* 말로우(Christopher Marlowe) : 1564~1593 / 영국 극작가.

여자에게 순결의 가치란?

> 순결한 여자는 음탕한 사내가
> 천사의 모습으로 유혹해도 전혀 흔들리지 않는다.
> _ 셰익스피어*

여자에게 '수치심'이란 무엇일까?

오래 전 아프리카 남동쪽 인도양에 있는 마다가스카르에 살던 원주민 여자들은 도시 문명에서 사는 여자들이 숨기는 신체 부위를 부끄러움 없이 드러내놓고 살았다. 그런데 놀랍게도 그곳에서는 여자가 팔이 드러나면 큰 수치심을 느껴서 죽기까지 했다는 것이다.

이런 예를 보면 여자에게 '수치심'이라는 것은 후천적으로 생겨난 것이지, 자연적인 근거가 있는 것은 아니다. 따라서 여자의 순결 역시 문명사회에서 생긴 개념이며, 이 순결은 문명사회에서 연애를 보호하고 지속시키는 도구가 되었다. 반대로 말하면 원시사회에서는 순결이라는 말이 통용되지 않았다는 뜻이다.

연애는 문명사회의 기적이다. 원시시대의 미개인들에게는 연애 감정이라는 것이 존재하지 않았다. 단지 종족 본능이나 성욕 충족의 육체적 행위밖에 없었다. 하지만 문명이 발달하면서 여자들의 정숙이나 순결은 어려서부터 어머니가 딸에게 주입시킨 교육이다. 그래서 순결에 길들여진 여자들은 영혼의 부끄러움에 사로잡혀 욕망을 돌보기보다는 욕망을 억제했다. 이렇게 해서 여자는 미래에 만날 남자의 행복을 미리 준비했던 것이다.

그러나 사람을 행동으로 이끄는 것은 욕망이다. 또한 분명한 사실은 순결에는 중용이란 것이 불가능하다. 그래서 기품 있는 여자들은 늘 냉담한 태도를 고수하고, 아무 생각 없이 자존심만 센 여자는 순결을 지키는 것만이 가장 현명한 것이라고 생각한다.

1800년대 영국 여자들은 자기 앞에서 남자들이 속옷 이름을 거론하는 것조차 모욕 당하는 일로 여겼다. 또한 여자들은 별장에서 파티가 끝난 후 남편과 잠자러 갈 때도 남의 눈에 띄지 않게 조심했으며, 남편 이외의 다른 남자 앞에서 큰소리로 떠드는 것도 정숙하지 못한 짓이라고 생각했다.

그 당시 영국 남자들이 가정에 별 흥미를 느끼지 못했던 것은 여자들이 지나치게 정숙했기 때문이 아니었을까? 하지만 그것은 자업자득이었다. 그렇다면 왜 영국 여자들은 그렇게 자존심을 내세워야만 했을까?

그것은 정숙과 순결이라는 미명하에 여자가 갖는 장점은 아주 많다. 지극히 평범한 여자도 정숙한 태도를 과장하면 훌륭한 여자로 대우받는다. 정숙의 힘은 이처럼 강하기 때문에 여자는 남자에게 말보다 행위로 깊은 마음을 전하고자 한다. 한 여자가 이런 말을 했다.

"제가 언젠가 결혼하게 되면 그 남자는 내가 지금까지 사소한 일에서도 얼마나 신중하고 정숙하게 행동했는가를 알고 나면, 나를 더욱더 사랑하게 될 것이라고 생각해요."

이런 말을 한 여자가 정말 그런 남자를 만날지는 모르겠지만, 그렇게 매력 있고 아름다운 여자가 언젠가 미래에 만날 남자를 위해서 현재 만나는 남자에게 냉담하게 대하는 일이 과연 잘하는 일일까? 하는 의문이 생긴다.

이것이 바로 '정숙' 이라는 관념이 만들어 낸 첫 번째 과장된 행동이다. 두 번째 과장된 행동은 여자의 자존심에서 나오고, 세 번째 과장된 행동은 남편의 자존심을 위해서 나온다.

그러나 우리 영혼은 사랑하도록 만들어졌다. 조물주가 만들어 놓은 영혼의 사랑을 거부하고 인내한다는 것은 자신과 타인에게 커다란 행복을 빼앗는 일이다. 그것은 죄가 두려워서 꽃을 피우지 않는 오렌지나무와 같다. 사랑하도록 만들어진 영혼은 사랑 이외의 것에서는 행복을 느낄 수 없다.

우리 영혼이 사랑하고 있지 않을 경우에는, 처음 달콤했던 세상의 온갖 즐거움도 얼마 후에는 견딜 수 없이 공허하게 느껴진다. 예술이나 자연의 숭고한 아름다움을 사랑하고 있는 듯한 착각에 빠질 때도 잠시 있지만, 이것 역시 연인에 대한 사랑으로 돌아가거나 혹은 전보다 더 사랑을 갈구하게 되는 전 단계에 지나지 않는다. 그리고 곧 이 모든 것들이 자신이 포기하려 했던 연애의 행복을 속삭이고 있다는 사실을 깨닫게 된다.

---

* 셰익스피어(William Shakespeare) : 1564~1616 / 영국 극작가, 시인.

첫 섹스 후의 여자 심리

> 수치심이 감시하고 있는 한 미덕이
> 마음에서 완전히 없어지지는 않는다.
> _ E. 버크*

여자가 남자에게 순결을 바친 후에는 그 남자에게 집착하기 시작한다. 평소에 늘 꿈꾸던 사랑의 대상이 섹스 이후 오직 그 남자에게만 집중하기 때문이다.

여자는 남자와 섹스를 한 후에는 그토록 금기시하고 부끄러워했던 평소의 태도에서 벗어나, 이제는 '그게 뭐가 어때서?' 하고 수치심을 정당화한다. 또한 틈만 나면 그 남자와 가졌던 감미로웠던 행위에 대한 세밀한 상황을 떠올리고 분석하기도 한다. 그러나 남자에게는 이런 현상이 거의 없다.

여자는 이제 애인이 자신에게 애걸하고 도전해 올 목표가 없어졌다고 생각하고, 자기도 그 남자에게 냉정하게 굴거나 거절할 일이 없다고 생각한다. 그리고 그 순간 혹시 애인의 정복자 리스트에 다른 여자의 이름이 올라가 있는 것이 아닐까 불안 해 한다. 바로 이때 여자의 두 번째 결정작용이 일어난다.

이러한 결정작용은 여자에게 의혹을 동반하기 때문에 몹시 격렬하다. 이때 여자의 심리상태는 마치 여왕에서 시녀로 퇴락한 느낌이다. 그런 느낌은 육체적 쾌락이 주는 만족감으로 다소 상쇄될 수 있지만, 초기에는 남자와의 섹스에서 큰 육체적 쾌락을 느끼지 못하는 여자로써는, 반대급부로 느끼는 신경작용은 더욱 치열해진다.

그때 여자는 단순하게 손만 놀리면서 할 수 있는 자수 따위로 시간만 보내면서 애인을 상상하며 무미건조하게 지낸다. 그러나 남자는 기병대를 거느리고 평원을 달리듯, 바쁜 사회생활에 몰두하고 있기 때문에 애인을 상상할 시간적인 여유조차 없다. 그러므로 두 번째 결정작용은 남자 쪽보다 여자 쪽이 훨씬 빠르고 강하게 나타난다.

여자는 연애할 때 자신의 자존심이나 명예가 위험에 처할 수도 있다는 불안감이 심하지만, 남자는 최소한의 사회적인 활동과 일에 몰두하기 때문에 여자와는 상황이 다르다.

또한 남자는 이성적인 반면, 여자는 감성적이다. 이는 가정생활에서도 이성적인 판단 결정은 여자보다 남자가 결정하는 환경적인 요인도 있겠지만, 본능적으로 여자는 감동을 원하기 때문이다.

* 버크(Edmund Burke) : 1729~1797 / 영국 정치가.

여자들이 원하는 상대 남자

마음의 감수성은 모든 미덕을 낳지만
모든 불행도 거기서 나온다.
_ T. 제퍼슨*

남자들이 모르는 여자들의 심리는 무엇일까?

여자들은 어떤 특정한 분야에서 놀라운 통찰력과 판단력을 발휘하기도 하고, 바보 같은 사람을 지나치게 칭찬하기도 하며, 사소한 일에 감동해서 눈물을 펑펑 흘리기도 한다. 또한 평범한 행위나 태도를 마치 훌륭한 것 인양 높이 평가하기도 한다.

여자들의 이러한 행동들을 남자들은 전혀 이해하지 못한다. 그래서 여자들에게는 남자들이 모르는 어떤 일정한 심리적인 공식이 있을 것이라고 추측해 볼 뿐이다.

여자들은 어떤 남자의 한 가지 장점에 마음이 빼앗기면 다른 것들은 별로 신경 쓰지 않는 묘한 특성이 있다. 흔히 말하는 똑똑하다는 여자에게 저명한 남자들을 소개하는 장면을 시켜보면서, 여자가 남자의 첫인상을 결정할 때에는 늘 대수롭지 않은 선입견에 의존한다는 사실을 깨달았다.

그래서 나는 한번은 일부러 어떤 여자에게 남자를 소개해 주면서 여자가 그 남자에게 나쁜 첫인상을 갖도록 거짓말을 했다.

"그 남자는 똑같은 넥타이를 이틀씩이나 계속 매고, 이틀째는 넥타이를 뒤집어서 매지. 그러기 때문에 넥타이가 옆으로 주름이 나 있을 테니 잘 살펴보렴." 하고 주의를 준 적이 있었다.

그 여자는 내 말을 듣고 난 후에 그 남자를 만났기 때문에 나는 당연히 그 만남이 순조롭지 않았을 거라고 생각했다. 그런데 놀랍게도 그 여자는 그 남자와 사랑에 빠졌다. 서로 성격도 잘 맞고 매우 낭만적인 여자였기 때문에 그들의 만남이 잘 되었는지는 모르겠지만, 아무튼 여자가 남자를 판단하고 선택하는 기준은 도무지 종잡을 수 없었다.

'여자들만이 특별한 감각기관을 갖고 있는 것은 아닌가?' 하는 생각이 든다.

여자는 인간 마음의 미묘한 변화를 잘 감지할 뿐만 아니라 애정의 뉘앙스도 잘 구별한다. 또한 자존심의 미세한 움직임까지도 포착해 내는 능력을 가졌다.

그러나 여자는 정신작용에서 지성이 감성 못지않게 중요하다는 사실을 잘 모른다. 지혜로운 여자들조차도 지성적인 남자들에게 감탄하는 것을 별로 본 적이 없을 뿐만 아니라 지적인 남자와 얼간이 같은 남자에게 똑같은 찬사를 보낸다는 것이다.

마치 이것은 최상급의 다이아몬드를 인조 다이아몬드라고 말하거나, 인조 다이아몬드도 크기만 하면 무조건 좋다고 달려드는 것 같은 어이없는 느낌을 받는다.

하지만 나는 이런 여자들의 마음 때문에 오히려 용기를 얻었다. 그렇다면 어떤 스타일의 남자라도 좋아하는 여자가 나타난다면 망설이지 말고 일단 도전해 보라는 결론이다. 왜냐하면 누가 봐도 최상의 연애 상대라고 할 수 있는 남자도 여자에게 차이는가 하면, 지저분한 수염에 조리 없는 말투로 맹세만 거듭 반복하는 보잘것없는 남자라도 연애에 성공하는 경우가 많았기 때문이다.

남자들은 여자들이 어떤 남자를 가장 좋은 연애 상대로 생각하는지 잘 모르는 것 같다. 그 이유는 남녀의 차이 때문이다. 남자는 모든 활동이 두뇌에서 나오지만 여자는 심장에서 나온다. 여자가 남자보다 감수성이 예민한 것은 그 때문이다.

남자들은 대부분 이성적인 판단과 진취적인 활동으로 움직이는 사회에서 자기의 일에 몰두하면서 위로를 얻는다. 그러나 여자들은 감성적이기 때문에 일에서 위로받는 것에 만족하지 못한다. 그래서 여자는 지적인 남자와 사귀면서 소외되거나 외로워하기보다는 별 볼일 없는 남자라도 자기 곁을 지켜 줄 수 있는 남자를 선택한다.

하지만 지금 시대는 다르다. 과거와는 달리 현대 젊은 여자들은 사회에서 자신의 일에 몰두하며 남자들처럼 일로써 위로받기 때문에 상대 남자도 지적이고 능력 있는 남자를 원할 것이다.

* 제퍼슨(Thomas Jefferson) : 1743~1826 / 미국 대통령.

여자의 자존심이 센 이유

> 허영심은 자존심이 아니라 비굴함의 표시다.
> 자존심을 지키려는 사람은 자신의 허영심을 숨겨야만 한다.
> _ 스위프트*

사회적인 구조는 늘 남성 중심이었다. 여자도 사회적으로 비중 있는 정치, 경제 관련 업무에서도 충분히 능력을 발휘할 수 있고, 중대한 결단을 내리는 결정에서도 얼마든지 정확한 판단을 내릴 수 있음에도 불구하고 그 몫은 늘 남자들의 차지였다.

더구나 여자보다도 더 보잘것없는 남자도 단지 남자라는 이유 하나만으로 사회에서 존경받는 경우가 많았다. 그러나 여자는 늘 사소한 일이나 감정과 관련된 문제 혹은 사회적으로 인정받을 수 없는 일에만 관여해 왔다.

이처럼 허망한 자신의 운명과 슬픈 현실에 괴로워하던 여자는, 자기 감정이 원하는 것, 혹은 연인이 원하는 절정의 섹스를 끝내 양보하지 않음으로써 자기 자존심이 존경받도록 노력했다. 그 결과 자존심이 강한 여자들은 남자들이 섹스를 갖기 전에 욕망을 채우기 위해서 온갖 수작을 부린다고 상상한다.

남자는 그저 자신이 사랑하는 마음을 여자에게 표현하려는 것 뿐인데, 여자는 제멋대로 상상하면서 남자들의 행동에 몹시 화를 낸다. 이런 여자는 남자의 사랑을 즐기면서 자신의 자존심을 지나치게 내세우는 것이다.

요컨대 아주 부드럽고 다정한 여자일지라도 자신의 감정을 상대 남자에게 완전히 빼앗기기 전인, 연애가 막 시작할 무렵에는 도도한 자존심만 내세우게 된다.

또한 애인을 위해서 목숨까지도 내던질 수 있는 여자도 웬일인지 자존심 싸움을 시작하면 아주 사소한 일로 시작된 것이라고 하더라도 애인과 이별한다. 그만큼 여자에게는 자존심이 매우 중요하다.

특히 여자의 인격이나 품성, 학식, 미모 등이 높고 빼어날수록 자존심을 지키려는 노력은 더 커진다. 또한 평소에 여자가 애인을 훌륭한 사람이라고 느꼈던 공감이 사라지는 순간에는, 자신의 잘못된 판단이 억울해서 복수하려 하며, 자신도 한심한 남자들과 똑같은 수준이 될까봐 두려워한다.

---

* 스위프트(Honathan Swift) : 1667~1745 / 영국 풍자시인, 작가, 성직자.

여자의 자존심을
지켜 주는 법

자존심은 사람이 입을 수 있는 가장 고귀한 옷이다.
_ S. 스마일즈*

자존심이 강한 여자와 데이트할 때 다른 남자와 시비가 붙었다면 반드시 싸워야지 그저 웃으며 넘어가서는 안 된다. 그럴 경우 자존심 강한 여자는 매우 불쾌하게 느낄 뿐만 아니라 당신을 비겁한 남자로 비난할 것이다. 그런 여자와 지속적으로 사귀려면 일부러 이웃과 가끔씩 싸움을 벌어야 할 판이다. 한편 자존심이 강한 남자를 통해 자신의 자존심을 보호받으려는 여자들도 있다.

런던의 한 유명한 여배우가 자신의 후원자인 대령을 자기 집에 초대하였다. 그런데 그때 마침 그녀는 친구 관계에 불과한 남자와 함께 있었다. 여배우는 매우 당황해서 대령에게 말했다.

"단지, 제가 팔려고 내놓은 말을 보러 온 분입니다."

그러자 그 남자 친구는 대령에게 딱 잘라 대답했다.

"아닙니다. 저는 말을 보러 온 것이 아닙니다."

여배우는 그 말을 듣는 순간 남자 친구에게 열렬한 사랑을 느끼기 시작했다. 이런 여자는 스스로 기품 있게 보이려고 애쓰기보다는 애인의 자존심에 공명함으로써 자기만족을 얻는 여자다.

또한 여자들은 첫 만남에서 남자를 잘못 판단하는 경우가 많다. 어떤 여자들은 남자의 속내를 꿰뚫어 알고 있다고 장담하거나, 쓸데없는 일에 동요치 않는 남자들을 보고 냉담하다고 한다.

이 같은 여자의 자존심 때문에 '남자들은 섬세함이 부족하다'는 비난을 듣는다. 이것은 자칫하면 왕에게 저지르는 불경죄와도 같다 할 만큼 남자들이 저지르기 쉬운 죄인 만큼 정신 바짝 차려야 한다.

아무리 다정한 남자라 할지라도 웬만큼 주의하지 않으면 '섬세함이 부족하다'는 비난을 받는다. 남자가 사랑하는 여자에게 아주 자연스럽게 대하고 남들 말에 신경 쓰지 않아도 여자는 똑같이 비난한다.

여자들의 이러한 태도 변화에 남자들은 이해하지 못한다. 남자들은 그동안 동성 친구와 동등하고 솔직하게 교제해 온 습관이 몸에 붙어 있기 때문에 여자들의 이러한 행동 변화에 당황해 한다. 따라서 이런 여자의 자존심과 관련된 심리와 행동을 남자들은 되도록 많이 경험해 보는 것이 좋다.

* 스마일즈(Samuel Smiles) : 1812~1904 / 영국 작가, 사회개혁가.

여자만이 갖고 있는 특별한 용기

> 용기는 다른 모든 장점을
> 보장하기 때문에 제일가는 장점이다.
> _ W. 처칠*

그대, 오만한 기사여, 내 그대에게 말하노라.

그대가 치열한 싸움터에서 보이는 숭고한 용기일지라도

사랑 때문에, 의무 때문에,

고난을 견디는 여성의 용기에는 미치지 못하느니라.

-『아이반호』 중에서-

어느 역사서에 의하면 '최고로 위험한 상태에 남자가 모든 이성을 잃고 당황하고 있을 때 여자는 남자보다 단연 우월함을 보이는 것이 바로 그때이다' 라는 말이 있다.

여자에게는 남자가 갖지 못하는 특별한 용기가 있다. 여자는 자기를 늘 보호했던 남자가 위험에 처하면, 자기도 모르는 힘으로 그 남자를 구해 주면서 큰 긍지를 느낀다. 그리고 그 에너지가 남자의 공포심을 덜어준다. 남자가 가장 위험한 순간에 여자의 도움을 받아보면 그 후부터 두려움을 모른다. 이러한 현상은 공포는 위험 그 자체에 있는 것이 아니라 사람의 마음속에 있기 때문이다.

가장 위험한 순간이 왔을 때 남자보다도 훨씬 여자들이 용감하다. 여자에게는 오직 사랑하는 남자만 보이고, 그 남자만 있으면 된다. 여자는 모든 일을 애인을 통해서 느끼기 때문에 눈앞에 닥친 위험도 애인 앞에서는 한 떨기 장미꽃으로 보일 뿐이다.

이보다 더욱 놀라운 사실은 자기 애인과 싸우면서 보여 주는 '참을성'이다. 이처럼 부자연스럽고 괴로운 행동이 어디 있겠는가? 이러한 참을성은 아마도 정숙함을 지키려는 여자의 습관에서 비롯되었던 것이다.

또한 여자의 불행을 만드는 치명적인 것은, 여자의 용기가 늘 행복과 반대되는 쪽으로 사용되거나, 참을성의 인내력이 자존심을 지키는 것이라 생각하기 때문이다. 어쩌면 여자는 끝까지 자신을 지킬 수 있는 자존심으로 삶을 지탱해 나가는 것 같다. 그리고 남자는 허영심 때문에 여자를 자신의 손아귀에 넣으려고 한다고 생각한다.

그러나 어떠한 상황에서도 뛰어드는 열정적인 남자가 허영심을 생각할 겨를이 있겠는가. 여자들의 이런 잘못된 생각은 인색한 투정에 불과하다.

* 처칠(Winston Churchill) : 1874~1965 / 영국 수상.

정숙한 여자가
손해 보는 아홉 가지

> 미모가 정숙함을 창녀로 타락시키기는 쉽지만,
> 미인을 정숙하게 변모시키는 것은 정숙의 힘으로도 불가능하다.
> _ 셰익스피어*

여자가 정숙함을 유지하기란 쉽지 않다.

첫째, 여자는 정숙함을 지키기 위해서 너무 많은 것을 잃어버린다. 정숙한 모습을 남자에게 보이려면 항상 신중해야 하고 때때로 위선적인 행동을 보이기도 한다. 예를 들면 아무리 재미있는 일이 있어도 다른 여자들처럼 입을 크게 벌려 큰소리로 자지러지게 웃지 않는다.

둘째, 여자는 자신의 정숙함 때문에 남자가 자신을 더 사랑해 줄 것이라 믿는다.

셋째, 여자는 남자와의 관계에서 참을 수 없이 강렬한 열정의 순간에도 정숙함을 유지하고자 한다.

넷째, 여자의 정숙은 사랑하는 남자에게 자부심이라는 쾌락을 선물한다. 여자가 그동안 지켜온 정절을 자신에게 바친 것을 자랑스럽게 생각할거라 믿는다.

다섯째, 정숙은 여자에게도 큰 쾌락을 준다. 뿌리 깊게 지켜온 습관을 깬 순간 자신도 그만큼 큰 쾌락을 느낀다.

여섯째, 정숙은 늘 거짓말을 하게 만든다.

일곱째, 여자의 지나친 정숙과 그에 따른 엄격한 생활 습관은 내성적이고 섬세한 사람으로 만들어 연애를 시작할 용기를 꺾어 버린다. 그런 여자야 말로 남자에게 사랑의 기쁨을 주고 자신도 사랑의 기쁨을 만끽할 수 있는 사람인데 말이다.

여덟째, 연애를 별로 안 해 본 여자는 정숙해야 한다는 생각 때문에 남자를 만나도 편하게 행동하기가 힘들다.

아홉째, 여류 작가는 숭고한 이념을 다룬 대작을 쓰기보다는 사소한 편지 같은 글을 쓰는 경향이 많다. 그것은 여자가 반쯤만 솔직해 지려고 하기 때문이다.

그렇다면 위와 같이 *정숙한 여자가 모르고 있는 남자들의 심리는 어떠한가?*

남자들은 여자를 만나면서 자신이 저지르는 잘못을 여자도 똑같은 종류의 사람이기 때문에 같다고 생각한다. 다만 남자가 생각하기에 자신들이 여자와 다른 점이 있다면, 여자는 남자보다 좀 더 관대하고, 마음이 잘 변하기 쉬우며, 남자의 경쟁 상대가 될 수 없다는 정도뿐이라고 착각한다.

그러나 여자는 남자가 갖지 못한 특징이 있다. 여자의 자존심과 정숙함, 그리고 그 정숙함에서 발생하는 이해할 수 없는 각가지의 행동과 습관들. 이러한 것들이 여자만이 갖고 있는 특징임을 남자는 알아야 한다.

---

* 셰익스피어(William Shakespeare) : 1564~1616 / 영국 극작가, 시인.

남의 말에 신경 쓰느라
사랑을 놓치는 여자

> 남자는 자기가 아는 것을 말하지만
> 여자는 남의 마음에 드는 것을 말한다.
> _루소*

여자들은 남자들이 모르는 특유의 자존심이 있는데, 이러한 자존심 때문에 바보 같은 남자에게 당한 분풀이를 똑똑한 남자에게 하고, 재산이나 힘을 자랑하는 남자에게서 당한 분풀이를 고상하고 매력적인 남자에게 복수하기도 한다.

또한 여자들 중에는 자존심과 체면에 사로잡혀 불행에서 벗어나지 못할 뿐만 아니라 친척들의 허세까지 가세하여 한 여자를 불쌍한 처지로 몰아넣는다.

한 여자에게 어떤 불행도 극복할 수 있는 정열적인 사랑이 운명적으로 찾아올 때가 있다. 그런데 그런 남자가 다가와도 여자는 자신의 가족과 친척들의 허세에 눌려 스스로 불행을 선택한다. 이것은 정말 말도 안 되는 일이다. 이러한 결정은 자신에게 주어진 단 하나의 행복을 포기할 뿐만 아니라 자신을 사랑해 주는 남자까지도 불행하게 만드는 일이다.

만약 누군가를 사랑하기 시작한다면 다른 여자들의 조언은 듣지 않는 것이 좋다. 자기는 남들이 다 알 정도로 열 번 넘게 떠들썩하게 연애를 했고, 동시에 여러 명을 상대했으면서도 진정한 사랑을 시작하려는 여자 친구에게는 점잖게 조언한다.

"그런 식으로 연애하면 세상에 얼굴 들고 다니기 힘들다."

연애를 시작하는 여자 친구는 그 충고를 받아들여 몸과 마음을 아무리 조심해 보지만 세상 사람들의 입방아란 쉽게 멈추지 않는다. 그래서 섬세하고 순결한 천사 같은 여자가 뻔뻔스럽고 통속적인 여자들의 말에 넘어가서 한 번뿐인 행복의 기회를 놓치게 된다.

이러한 선택은 100년 전부터 장님이었던 재판관(세상 사람들)이 "저 여자는 검은 옷을 입고 있다."라고 소리치는 법정에 눈이 부시도록 흰옷을 입고 출두하기 위한 속임수일 뿐이다.

---

* 루소(Jean Jacques Rousseau) : 1712~1778 / 프랑스 철학자, 작가, 정치학자.

| 남자의 심리

남자가 사랑을 시작하는 이유

> 남자는 여자의 아름다운 피부 때문에 여자를 사냥한다.
> _ 테니슨*

    남자들은 상대 여자가 지극히 사소한 매력 하나만 있어도 연애를 쉽게 시작한다. 여자가 머리는 나쁘지만 얼굴이 예쁘다거나, 몸매가 잘빠졌다거나, 첫사랑의 여자와 닮았다거나, 패션 감각이 뛰어나다거나, 고독해 보인다거나 하는 등의 이유 하나만으로도 남자는 사랑을 시작할 수 있을 만큼 단순하다. 설령 여자와 사랑할 수 있는 희망과 가능성이 사라졌다 해도 이미 사랑이 싹튼 이상 어쩔 수 없다는 게 남자들의 속성이다.

  남자들은 한 여자에 대한 연민의 감정이 싹튼 후에는 마음의 변화가 별로 없다. 특히 단호하고 대담한 성격의 남자일수록 상대 여자와 가능성이 적더라도 사랑을 시작할 수 있고 쉽게 포기하거나 단념하지 않는다.

성격이 다정다감하고 사려 깊은 남자가 과거에 한 여자와 연애에 실패한 뒤, 새로 만난 여자에게 빠지면 눈에 뵈는 것이 없어진다. 다른 여자는 안중에도 없고 오직 새로 만난 여자와의 사랑이 이루어지기만을 꿈꾼다.

이러한 현상은 지난 연애의 실패를 새로 만난 여자에게서 보상받으려는 처절한 노력도 함께 이루어지기 때문이다. 따라서 여자는 연애에 실패한 경험이 있는 남자를 선택하면 손쉽게 그 남자를 낚아챌 수가 있다. 그러나 이런 남자와의 관계가 힘들고 부담스럽게 느껴진다면 재빨리 손을 털고, 남자가 더 이상 희망을 갖지 않게 하는 것이 현명하다.

어떤 남자는 연애가 본격적으로 시작되는 데 걸리는 시간이 다른 남자보다 오래 걸리는 경우도 있는데, 이런 남자는 대부분 냉정하고 끈질긴 성격이거나 나이가 지긋한 경우에 해당한다.

남자가 제2의 결정작용(7단계)이 있기까지, 여자에게 사랑을 받느냐 아니면 죽어버리느냐의 기로에서 괴로워했다면 그 남자는 절대 사랑을 포기하지 못한다. 그러나 여자가 몸을 쉽게 허락하는 경우에는 제2의 결정작용이 일어나기가 힘들다. 또한 사랑에 빠져 있는 남자는 사랑하는 여자에게서 "전에 사귀던 남자는 제 눈빛에 반했어요."와 같은 말을 듣게 된다면, 또 다른 결정작용이 형성되어 한밤중에도 잠을 못 이루고 그와 관련된 몽상에 잠긴다.

* 테니슨(Alfred Tennyson) : 1809~1892 / 영국 시인.

남자가 못생긴 여자와 연애하는 이유

> 사랑에 빠지면 남자는
> 그 어느 때보다 더 많이 참고 견딘다.
> 그는 모든 것에 굴복한다.
> _ 니체*

사람들은 대체로 남자는 여자의 외모에 너무 민감하게 반응한다고 믿는다. 그 이유는 대부분의 남자들이 예쁜 여자를 밝히기 때문이다. 그러나 남자가 한 여자를 사랑하고 있을 때는 자신이 사랑하는 여자가 가장 예뻐 보이기 때문에 객관적으로 아무리 뛰어난 미모의 여자를 만나도 마음이 바뀌지 않는다. 남자들의 이런 마음에 놀랄 필요 없다. 이는 자기 연인이 주는 행복이 다른 여자가 주는 행복과는 비교할 수 없을 만큼 크기 때문이다.

남자가 사랑에 빠지면 애인 얼굴의 작은 결점, 예를 들어 점이나 흉터도 사랑하게 된다. 그래서 다른 여자의 얼굴에서 점이나 흉터를 보면 자기 애인을 떠올리며 황홀한 모상에 잠긴다. 남자는 그 점이나 흉터를 통해서 사랑하는 여자와 수많은 사랑의 감정을 맛보고 체

험했기 때문이다.

 그가 흉터를 매개로 하여 느낀 감정은 그에게 매우 소중하고 감미로운 것이어서 다른 여자의 얼굴에 있는 똑같은 흉터를 보면서도 애인의 흉터에서 느꼈던 사랑의 감정이 뜨겁게 되살아나는 것이다. 남자가 첫사랑과 헤어진 후에 훗날 첫사랑의 여자와 분위기가 유사한 여자에게 이끌리는 것도 그와 유사한 감정의 이입현상이라고 본다.

 그런 이유 때문에 남자들은 남들이 그렇게 못생겼다고 말하는 여자와도 연애를 할 수 있는 것이다. 남자가 사랑할 때는 남들이 지적하는 단점이나 추한 얼굴도 사랑에 빠진 당사자에게는 아름답게 보이고 남들이 말하는 '못생겼다'는 말이 이해되지 않는다.

 예를 들어 한 여자와 뜨거운 열애에 빠진 한 남자가 있었다. 그 여자는 몹시 여위고 얼굴에는 마마 자국이 남아 있었다. 그런데 불행하게도 그 여자는 사고로 세상을 떠났다.

 남자는 3년 후에 두 여자를 사귀게 되었다. 한 여자는 누가 봐도 뛰어난 미인이었고, 다른 한 여자는 여위고 얼굴에 마마 자국이 있는 아주 못생긴 여자였다.

 그런데 놀랍게도 그 남자는 못생긴 여자를 선택했다. 그는 자신이 갖고 있던 아름다운 사랑의 추억 때문에 여위고 얼굴에 마마 자국이 있는 못생긴 여자를 잊지 못하고 있었던 것이다. 못생긴 여자는 남자의 사랑을 놓치지 않고 유혹하여 사랑을 이루었다.

물론 처음부터 못생긴 여자를 사랑하는 남자는 그리 많지 않지만, 여자가 너무 건방지지 않다면 여자의 사랑스러운 표정은 남자로 하여금 못생긴 외모도 덮어 버린다. 남자는 그런 여자를 사랑하게 되고 어느덧 그 여자에게 몰두하게 된다.

---

* 니체(Friedrich W. Nietzsche) : 1844~1900 / 독일 철학자.

예쁜 여자를
찾는 남자들

> 첫인상을 마음에서 지워버리기는 어렵다.
> 양털을 자주색으로 물들이고 나면
> 누가 그것을 다시 희게 만들 수 있겠는가?
> _ 히에로니무스*

연애에 쉽게 빠지지 않는 남자는 여자의 아름다움을 가장 예민하게 느낄 수 있는 사람이다. 이처럼 정열적인 사랑을 느끼지 못하는 남자들은 여자의 다른 부분에서 매력을 느끼지 못하고 단지 외모를 통해서만 강한 인상을 받기 때문이다.

여자의 외모만을 따지는 남자들은 열정적인 연애에 빠지는 남자들의 심리를 이해하지 못한다. 열정적인 연애를 하는 남자들은 사랑하는 여자가 흰 모자를 쓰고 먼발치에서 오는 것만 보아도 가슴이 두근거린다. 또한 아무리 눈부시게 아름다운 여자가 곁에 다가와도 관심을 두지 않으니 그렇게 말할 만도 하다.

그러나 정열적인 남자들은 지금 한참 자신의 열정을 쏟아 부울 대상인 여자에게만 모든 관심이 집중되어 있기 때문에 다른 여자들은 쳐다볼 겨를이 없다. 그런데 그것을 모르고 정열적이지 못한 남자들은 그들이 그렇게 못생긴 여자에게 정열을 쏟아 붓는 것을 한심스럽게 생각한다.

아무리 절세미인이라 해도 자꾸자꾸 보면 그다지 감탄스러울 것이 없다. 여자가 남자에게 아무런 감동을 주지 못하는 아름다움은 연애의 결정작용을 방해하는 요소이다.

지금 자신과 연애하고 있는 여자의 외모가 아름답다는 것은 자기 혼자만 알고 있는 소중한 감정이 아니라, 세상사람 누구도 다 알 수 있는 일이라는 것이다. 따라서 여자의 외모가 아름답다는 것은 자신만의 사랑의 감정을 원하는 남자에게는 특별한 것이 되지 못한다. 더 심하게 말한다면 그런 아름다움은 장식품으로 대체할 수 있기 때문이다.

따라서 아무런 매력이나 향기, 개성 없이 그저 얼굴 하나만 예쁘고 몸매 하나만 빼어난 여자들의 애인 명단에는 틀림없이 바보 같은 남자들의 이름만 나열되어 있을 것이다. 특히 돈 많은 귀족들의 이름이나 졸부들 말이다.

왜냐하면 그것은 현명한 남자들은 여자들의 육체적 매력에 앞서 정신적 향기를 선택하기 때문이다.

---

* 히에로니무스(Hieronymus) : 340?~420? / 로마 신학자.

이성을 잃어버리는 남자의 연애

여자는 물론이고 남자도 이성보다
감정의 지배를 더 자주 받는다.
_ 체스터필드*

사랑하는 여자에게서 새로운 아름다움을 발견할 때마다 남자는 왜 황홀해지는 것일까? 그것은 새로운 아름다움이 제각각 다르게 남자의 욕망에 만족을 주기 때문이다.

가령 남자는 자기 애인이 다정한 여자였으면 좋겠다고 생각하면 그 여자가 다정한 여자로 느껴진다. 그러다가 애인이 도도하고 쌀쌀맞은 여자였으면 좋겠다고 생각하는 순간, 즉시 그런 여자로 느껴진다. 다정함과 쌀쌀맞음은 정반대되는 성품인데도 말이다.

모든 열정 중에서 사랑의 열정이 가장 격렬한 것은 바로 이러한 정신적인 이유 때문이다. 다른 열정은 욕망이 냉혹한 현실과 타협할 수밖에 없지만, 사랑의 열정은 현실이 욕망에 맞추어 동화한다. 따라서 뜨겁게 타오르는 욕망이 가장 충족하는 것은 바로 사랑의 열정이다.

아무리 똑똑한 남자도 사랑이 싹튼 순간부터는 상대 여자를 '있는 그대로' 보지 않는다. 자신의 장점은 과소평가하는 반면, 사랑하는 여자의 사소한 아름다움은 과대평가한다.

그리고 연애에 대한 불안이나 희망도 순식간에 정열적인 색깔을 띠게 된다. 이어서 두 사람 사이에 일어나는 어떤 일도 우연으로 일어나는 일이 아니라 운명적인 것이라고 믿는다. 자신들의 만남을 필연적이고 운명적인 관계로 여긴다. 그쯤 되면 자신이 스스로 만들어낸 환상조차도 실재한다고 믿는다.

남자가 사랑에 빠져 이성을 잃었을 때에는 명백하게 '검은 것'을 '흰 것'으로 여기며 자신의 사랑에 유리하게 해석한다. 그래서 그 사실이 실제로는 '검은 것'이었다는 것을 나중에 깨닫더라도 역시 자신의 사랑에 유리한 결론을 이끌어 내려고 애쓴다. 그렇게 흑이 백이 되는 상황에서 이성적인 생각은 끼어들 여지가 없다.

바로 그런 상황에 빠져 있을 때 진실한 친구는 그를 객관적으로 평가해 주고 바른 길로 이끌어 줄 수 있다고 생각하지만, 남자가 사랑에 빠져 이성을 잃으면 친구도 보이지 않는다. 그 상황에서는 도무지 눈에 뵈는 게 없는데 누구의 비판이나 충고가 먹혀들 것인가? 사랑에 빠진 남자가 무분별한 짓을 하는 원인은 바로 거기에 있다.

* 체스터필드(Lord Philip Chesterfield) : 1694~1773 / 영국 정치가, 작가.

순진한 여자와 연애하는 법

> 순진함의 가장 큰 특권은 아무의 눈도 두려워하지 않고
> 아무의 말도 의심하지 않는 것이다.
> _ S. 존슨*

평소에 여자가 남자를 만날 기회가 없거나 남자에 대해 깊이 생각해 본 적이 없는 순진한 여자들은 남자와의 아주 사소한 사건에도 크게 놀라고 감탄하며, 평범하게 지나칠 수 있는 사건에서도 사랑의 감정이 크게 싹튼다. 이런 순진한 여자들은 남자와의 사랑을 아주 재미있고 매력 있는 일로 여긴다. 마치 16세 소녀가 첫사랑을 갈망하는 이치와 같다고 할 수 있다. 그 시기의 여자들은 사랑의 음료수에 대한 취향이 까다롭지 않기 때문에 남자에 대한 취향이 아주 단순하다.

순진한 여자들은 첫 번째 '감탄과 매력의 단계'에서 두 번째 '가까이 다가가고 싶은 단계'로 넘어가는 데는 아주 늦게 발동이 걸린다. 심지어 1년 걸리는 경우도 있다. 두 번째 단계에서 세 번째 '희망의

단계'로 가는 데는 한 달쯤 걸리지만, 사랑이 시작될 가망이 없는 경우에는 두 번째 단계(가까이 다가가고 싶은 단계)에서 포기해 버린다. 이럴 때 순진한 여자를 만난 남자들은 더욱더 노력을 기울여야 한다.

하지만 이 단계가 넘어가면 그 다음 단계부터는 가속도가 붙기 시작한다. 세 번째 단계(희망의 단계)에서 네 번째 '사랑이 시작되는 단계'는 아주 빠르게 발전한다. 가슴이 콩당콩당 뛰는 단계에서 사랑의 열병을 앓는 단계가 동시에 이루어지는 것이다.

그 다음 네 번째 단계(사랑이 시작되는 단계)와 다섯 번째 '제1의 결정작용 단계'는 거의 동시에 일어난다. 그리고 자기 애인이 세상에서 둘도 없이 예쁘게 보이고 최고로 보이는 시기이다. 이는 극단의 찬미 시기에서 여섯 번째 '의혹의 발생 단계'로 가는데 걸리는 시간은 사람에 따라 다르지만, 여섯 번째 단계(의혹의 발생 단계)와 사랑의 안정기에 접어드는 일곱 번째 '제2의 결정작용 단계'는 동시에 일어난다. 그러므로 순진한 여자를 만난 남자는 세 번째 단계(감탄과 매력의 단계, 가까이 다가가고 싶은 단계, 희망의 단계)까지 끈질긴 인내심을 갖고 노력한다면, 그 후부터 사랑의 완성 단계까지는 마치 오르막길에서 내리막길로 가듯이 속도가 붙기 때문에 남자가 기다리지 않아도 여자가 적극적으로 다가온다. 이러한 사랑의 전략을 알고 있다면 누구나 연애에 성공할 수 있을 것이다.

* 존슨(Samuel Johnson) : 1709~1784 / 영국 사전편찬자, 시인.

여자 앞에서 쩔쩔매는 남자

> 말을 잘할 만한 재치도 없고
> 입을 다물 판단력도 없다면 그것은 슬픈 일이다.
> _라브뤼예르*

     한 남자가 퇴근 후 사랑하는 여자와 만나기로 약속 해 놓고 아무것도 못하고 안절부절 시계만 보고 있다. 사랑하는 여자를 만난다는 생각에 도무지 일이 손에 잡히지도 않고, 마음만 들떠서 몹시 서성대는 것이다. 그는 이일저일 해보려 하지만 결국 다 내동댕이치고 계속 시계만 본다.

  그런데 이런 남자들은 막상 여자가 제시간에 나타나지 않으면 실망하기보다는 안도의 숨을 내쉰다. 여자가 약속시간에 늦은 것을 유감이라고 생각하는 것은 나중 일이다. 약속을 기다리는 동안의 괴로움이 그런 아이러니한 심리상태를 만든다.

  사람들은 이런 일 때문에 사랑을 부조리한 것이라고 말한다. 남자의 그런 심리상태는 여자와의 순간순간을 행복으로 수놓았던 상상력이 갑자기 냉정한 현실 세계로 끌려나오면서 돌발적으로 발생한 것이다.

감성적인 남자는 여자를 만났을 때 조금이라도 주의력을 잃고 방심하거나 용기를 잃으면 연애에 실패하기 쉽다. 그것도 자존심이 매우 상한 상태로 말이다. 그리고는 '나는 바보다. 용기가 없다.'고 스스로를 자책한다. 그런 남자는 사랑의 열정이 조금 식어야만 상대에게 용기도 낼 수 있다.

또한 그런 남자는 아무리 정신을 집중하고 용기를 내어도 결국 쓸데없는 말을 하거나 자기 생각과는 정반대의 말이 튀어나와서 실수하기가 쉽다. 더욱 안타까운 것은 그런 남자는 대체로 자신의 감정을 너무 과장하기 때문에 그런 모습이 세련된 여자의 눈에는 우스꽝스러워 보인다는 점이다.

남자는 자기가 여자 앞에서 조리 있게 말을 못한다는 것을 스스로도 잘 인식하고 있기 때문에 자기 의지와는 상관없이 말을 꾸며대거나 과장해서 말을 하려고 한다. 그러면서도 둘 사이에 침묵이 흐르면 남자는 견디지 못하고 말을 하게 된다. 그래서 자신이 실제로 느끼지도 않은 것을 느낀 것처럼 꾸며대서 여자에게 말을 하기 때문에 여자가 잘못 알아듣고 다시 한 번 말해 보라고 하면 당황한다.

이렇게 사랑하는 여자와의 만남이 엉망이 되면 남자는 '차라리 만나지 말자. 마음속으로만 사랑하는 것이 훨씬 낫겠다.'는 모순된 생각까지 하게 된다.

그것은 전쟁터에서 군인이 죽음의 공포에서 벗어나기 위해 오히려 물불 가리지 않고 적진의 포화 속으로 뛰어드는 심정과 무엇이 다른가. 게다가 자신이 계속해서 바보 같은 말만 지껄여 댄 것은 모두 침묵을 견딜 수 없어서였다는 것을 생각하면 절망을 느낀다.

따라서 감정적인 남자의 연애 스타일이 그렇다는 것을 알고 있는 여자라면, 자기에게 진정한 열정을 퍼붓는 남자와 단순히 바람이나 피우기 위해 접근하는 남자를 구별해 낼 수 있어야 한다.

---

* 라브뤼예르(Jean de la Bruyere) : 1645~1696 / 프랑스 작가.

감성적인 남자와 이성적인 남자

> 진리는 지혜로운 사람을 위해서,
> 아름다움은 감성을 지닌 마음을 위해서 존재한다.
> _ 실러*

감성적이고 정이 많은 남자와 이성적이고 냉정한 남자의 차이는 어디에 있을까?

연애를 하면 감성적인 남자는 손해를 보고 이성적인 남자는 이득을 본다. 이성적인 남자는 평소에 부족했던 자신의 감성적인 부분이 여자로부터 채워져서 여자와 균형 감각이 맞지만, 감성적인 남자는 안타깝게도 더 한층 감성적인 애정이 끌어올라 미칠 것 같은 상황에 빠지기 때문에 실패할 확률이 많다.

또한 감성적인 남자는 자신의 열정과 흥분을 숨기려는데 정신이 빼앗겨 이성적으로 행동할 여유가 없어진다. 감수성이 예민하고 자존심이 강한 남자는 사랑하는 여자 앞에서 조리 있게 말하기가 힘들기 때문에 실수나 실패에 대한 두려움이 강하다.

반대로 감수성과는 거리가 먼 남자는 성공의 기회를 정확하게 포착하고 그 순간에 머뭇거리지 않는다. 오히려 자신의 속물근성을 자랑하면서 '단순한 말 한마디를 제대로 못하고 다 잡은 고기를 놓친 남자'를 바보라고 비웃는다.

남자가 여자와 만날 때 굳이 다른 남자들처럼 여자를 재미있게 해주려고 애쓸 필요 없다. 잘 되지도 않는 유머를 자꾸 사용하면서 말을 계속한다면 주눅 든 것처럼 보이거나 믿음직스럽지 못하게 보일 뿐이다. 이미 한 이야기를 또다시 이야기하거나 일부러 재미있게 이야기하려고 애쓸 필요 없이 그냥 그때그때 솔직하게 느낀 점을 표현하는 것이 가장 좋다.

그러나 대부분의 남자들은 그렇게 하지 못하고 지나치게 무리해서 이야기하려 하기 때문에 제대로 이야기도 안 되고 실감도 나지 않는다. 그런 상태에서는 기억도 혼미해서 본인은 제대로 이야기 한 것 같지만, 사실은 바보 같은 말만 늘어놓게 된다. 이렇게 한 시간 넘어 헤맨 끝에 이제 좀 적응이 되어 사랑하는 여자와 즐거운 시간을 보내려고 하면 이미 헤어질 시간이 되어 버린다.

사랑에 빠진 남자의 이야기는 횡설수설인 경우가 많다. 따라서 여자는 대화의 한 부분만을 놓고 성급한 결론을 내리는 것은 현명치 못하다. 그런 남자들은 우연히 내뱉은 말로 자신의 감정을 표현할 수밖에 없는 상태이기 때문에 그때의 말 한마디는 사랑의 울부짖음인 것이다.

    따라서 여자는 그 남자와 나눈 대화의 전체적인 분위기로 그를 판단해야 한다. 자신이 몹시 흥분되어 있으면 상대의 감정까지 신경 쓸 여유가 없다는 점을 생각하고 남자를 이해해야 한다.

---

* 실러(Johann von Schiller) : 1759~1805 / 독일 시인, 극작가.

흔들리는
여자를 잡는 법

아무리 값진 선물도
준 사람이 변심하면 하찮은 것이 된다.
_ 셰익스피어*

　　　　　　　　　남자가 여자의 결정작용에 짠물을 뿌린다면 여자는 남자에게서 떠난다. 하지만 아직 여자의 마음속에는 습관처럼 그 남자의 자리가 남아 있다. 또한 남자는 여자에게 자신을 너무 믿게 행동해도 여자가 떠날 수 있다.

　무릇 행복한 연애에는 작은 의심과 불안감이 항상 동반해야 한다. 따라서 어느 정도는 여자를 불안하게 만들 필요가 있다. 남자가 아무리 사랑을 굳게 맹세한다고 해도 떠난 여자는 돌아오지 않기 때문에 떠나기 전에 남자는 여자에게 항상 긴장감을 주어야 한다.

　만약 그녀와 오랫동안 사귀었다면 그녀가 어떤 여자를 질투하고 있는지, 애인을 뺏길까봐 두려워하는 여자는 누구인지 알 수 있을 것이다. 그렇다면 그 여자를 가까이 하라. 이때 공공연하게 떠벌리며 그 여자에게 접근하지 말고 매우 은밀하게 숨기듯이 접근해야 한다.

그러면 당신이 사랑하는 여자는 이 모든 사실을 발견하고, 눈에는 증오가 가득해져서 몇 달 동안은 모든 여자에게 심한 증오심을 드러낼 것이다. 그러나 여기서 명심할 것은, 그런 상황에서 '그녀를 아직도 사랑한다'는 당신의 정열을 드러내면 만사가 끝장이다. 이때 사랑하는 여자는 되도록 만나지 말고 차라리 친구들과 어울려 술을 마시면서 지내라.

여자의 사랑을 판단할 때는 다음과 같은 점을 잊지 말아야 한다.

첫째, 사랑의 기초가 중요하다. 즉 처음으로 두 사람이 맺어진 계기가 육체적 쾌락에서 출발했다면 당신의 연인은 변심하거나 배반할 위험이 많다. 이런 경우는 젊음의 열정만으로 결정작용이 일어나서 사랑이 생긴 경우가 많기 때문이다.

둘째, 서로 사랑하고 있는 두 사람의 사랑의 깊이는 똑같지 않다. 정열적 연애에도 여러 시기가 있어서, 교대로 두 사람 중 한 사람이 상대방보다 더 열렬히 사랑하고 있는 것이다. 한쪽은 단순히 불장난이나 허영적인 연애를 하고 있는데, 다른 한쪽은 정열적인 연애를 하고 있는 때도 있다.

대체로 자신을 잊고 사랑에 열중하는 사람은 여자 쪽이다. 그리고 두 사람 중 한쪽이 품고 있는 사랑이 어떤 종류이든, 일단 질투가 생기면 그 사람은 상대방이 정열적인 연애를 해주지 않으면 몹시 힘겨워 한다. 이러한 현상은 자존심 때문에 상대방이 깊은 애정을 보여주길 바라기 때문이다.

그러나 취미적 연애를 하고 있는 여자라면, 상대 남자가 정열적인 사랑을 바치면 매우 짜증이 난다. 그렇지 않아도 귀찮게 생각하고 있는 남자가 다른 남자를 질투까지 한다면, 여자는 그 남자를 증오에 가까울 정도로 싫어하게 된다. 여자란 질투를 받을 만한 남자가 아니면 질투를 받고 싶어 하지 않는 법이다.

여자가 질투하는 남자를 사랑하고 있다 해도 그 질투가 아무 근거 없는 불필요한 것이라면 민감한 여자는 자존심에 상처를 받는다. 그러나 도도한 여자는 자신의 존재를 확인시켜 주는 새로운 방법으로 질투를 좋아할 수도 있다.

또한 여자가 반드시 기억해 두어야 할 것이 하나 있다. 만일 자기를 배신한 남자에게 아직 미련이 남아 있다면, 결코 자신의 행위를 그 남자가 따져 묻는 대로 "네, 맞아요."라고 실토해서는 안 된다.

남자는 결정작용을 통해서 만들어 간, 사랑하는 여자에 대한 이미지를 버리지 못한다. 그 이미지를 즐기는 기쁨은 남자에게 매우 크다. 물론 여자가 "네, 맞아요."라는 치명적인 대답을 하기 전까지 말이다.

프랑스에 유명한 일화가 있다.

여자가 애인 몰래 다른 남자와 바람피우다가 애인에게 현장을 들켰음에도 불구하고 여자는 대담하게 사실을 부정했다. 애인이 계속 추궁하자 이렇게 말했다.

"알았어요. 당신은 이제 날 사랑하지 않는군요. 내가 말하는 것보다 자기가 본 것을 더 믿으니 말이에요."

부정한 짓을 한 애인과 화해하는 것은, 연인 사이에서 끊임없이 생기는 결정작용의 마지막 숨을 거두게 하는 행동이다. 그리하여 마침내 사랑은 죽고, 당신의 마음은 그 죽음에 다가가는 괴로운 심정을 느껴야만 한다. 그래도 화해하고 싶다면 친구로서만 지낼 용기를 내라.

---

* 셰익스피어(William Shakespeare) : 1564~1616 / 영국 극작가, 시인.

질투로 괴로워하는
여자 달래기

> 질투는 항상 사랑과 함께 태어나지만
> 항상 사랑과 함께 죽는 것은 아니다.
> _라로슈푸코*

여자는 남자보다 연애 과정에서 의심이 아주 많다. 연애를 시작하면 남자보다 훨씬 많은 위험을 겪어야 하고, 훨씬 큰 희생을 치러내야 한다. 또한 상대적으로 남자만큼 몰두할 만한 일도 없는데다가, 특히 애인의 행동을 확인할 길이 별로 없기 때문이다.

여자는 질투하는 모습을 보이면 자신의 격이 낮아질까 두려워한다. 그리고 자신이 남자 꽁무니나 쫓아다니는 것처럼 보여서 웃음거리가 되지나 않을까 걱정한다. 여자 역시 남자처럼 잔인한 마음도 생기겠지만 남자처럼 상대 여자에게 결투를 신청할 수도 없는 노릇이다.

따라서 질투심은 남자보다 여자에게 더 고통스럽다. 여자는 해소

할 길이 없는 분노와 자기혐오의 극치를 느끼며, 결국 도저히 견딜 수 없는 지경까지 이른다. 이 잔인한 고통을 치료하는 방법은 질투를 불러일으킨 사람이 죽거나 질투로 괴로워하는 본인이 죽거나 둘 중 하나밖에 없다.

남자들은 현재 자신이 질투하고 있다고 사실을 밝히기는 창피해하지만 과거에 질투를 했었다는 것, 그리고 앞으로도 질투할 수 있다는 점은 자랑스럽게 말한다. 하지만 여자들은 불쌍하게도 과거에 질투한 적이 있다는 것조차도 좀처럼 털어놓지 못한다. 그만큼 여자에게 질투란 웃음거리일 뿐만 아니라 상처 받았던 일은 절대 아물지 않는다.

그러나 차가운 이성이 상상력이라는 불덩이에 조금이라도 힘을 쓸 수 있다면 나는 질투로 괴로워하는 여자들에게 이런 말을 해 주고 싶다.

"남자의 부정과 여자의 부정은 매우 다릅니다. 여자가 다른 남자와 섹스를 한다면 그것은 남자의 경우와 마찬가지로 실제의 행위지만, 다른 한편으로는 자신의 마음을 표현한 것입니다. 하지만 남자에게는 다른 여자와의 섹스가 마음을 표현한 행위가 절대 아니라는 점을 잊지 마십시오. 또한 여자는 섹스가 자신을 남자에게 모두 바친다는 뜻이 되지만, 남자는 다른 여자와의 섹스가 살아가는 데 필요한 하나의 일일 뿐입니다. 남자는 어려서부터 자기의 자존심이나 가치의 증거를 이런 일에서 찾는 선배들을 보고 자랐지만, 여자는 이와는 반대되는 교육을 받고 자랐기 때문입니다."

어떤 행위가 마음으로 표현이 된다는 점에서 생각해 보자.

상대방이 화가 났을 때 발 위에 테이블을 뒤엎었다고 치자. 그러면 상대방은 몹시 아프겠지만 싸움으로까지 번지지는 않는다. 하지만 상대방의 뺨을 때렸다면 서로 치고 받는 일까지 벌어질 것이다.

이렇듯 연인의 부정을 바라보는 남녀의 시각 차이는 분명하다. 여자는 남자의 부정을 용서할 수 있지만, 남자는 여자의 부정을 용서하기가 불가능하다. 따라서 남자의 바람기에 맞서 여자도 바람을 피운다면 연인 관계가 깨질 것이다.

여자가 남자를 진정으로 사랑하고 있는지 아닌지 구별하는 방법이 있다. 열정적 연애를 하고 있던 여자가 남자의 부정을 알게 되면 여자는 연애에 대한 열정이 두 배 이상 커진다. 왜냐하면 자신은 지금 다른 여자에게 인기가 많은 남자를 만나고 있다는 생각에 그 남자를 빼앗기지 않으려고 더욱더 노력한다.

또한 자존심이 강한 여자는 애써 자신의 질투를 숨기려 한다. 사랑하는 남자와 며칠 동안 말도 없이 쌀쌀맞게 긴 밤을 보내면서도, 속으로는 사랑하는 남자를 잃을까 봐 두려워한다. 하물며 자기가 그 남자 눈에 매력 없는 여자로 보이는 것이라고 자책한다.

이런 심정이야말로 인간이 느끼는 최고의 고통이자 사랑 때문에 겪는 가장 큰 불행이다. 그럴 때 남자가 여자의 마음을 달래주려면 모르는 척, 함께 여행을 떠나는 것이 가장 좋다.

* 라로슈푸코(Duc Francois de la Rochefoucauld) : 1613~1680 / 프랑스 작가.

사랑이 좌절된 남자의 마음

> 자존심은 적의 손아귀에 든 사람이 좌절하지 않게 해주고
> 모든 사람의 반대를 받는 사람이 자신이 옳다고 느낄 수 있게 해준다.
> _ 러셀*

오랜 세월 동안 사랑의 정열을 간직했지만 극복하기 힘든 장애 때문에 사랑을 이루지 못해 괴로워하는 남자가 있다. 이런 남자는 그림 같은 풍경이나 아름다운 예술 작품을 봐도 옛사랑에 대한 기억으로 사랑하는 여자가 기억 속에서 불쑥불쑥 떠오른다.

이러한 현상은 잘츠부르크의 앙상한 나뭇가지가 다이아몬드처럼 반짝이는 보석으로 보이는 것과 같은 작용이다. 이 세상에 존재하는 아름답고 숭고한 것은 모두 자신이 사랑하는 사람의 일부처럼 느껴진다.

이런 남자가 우연히 아름다운 풍경을 보게 되면 연인에 대한 아름다운 추억이 밀물처럼 떠올라 두 눈에 눈물이 가득 고인다. 이처럼

아름다움을 사랑하는 마음과 연애하는 마음은 서로 생명력을 주고받는다.

그러나 불행한 사실은 사랑하는 사람과 만나서 얘기를 나누면 행복의 구체적인 과정들이 기억으로 재생되지 않는다는 점이다. 물론 연인과 함께 있었던 시간들 동안 느낀 감동은 너무도 확실하게 영혼에 깊이 간직되지만, 그 감동을 일으켜 준 구체적인 행동과 상황, 그리고 대화는 기억에 남지 않는다. 사랑하는 연인과 함께 있었던 영혼은 이미 감각 그 자체가 되어 버렸기 때문이다.

이런 상태에 있는 남자가 연인에 대한 몽상에 빠져 있을 때, 갑자기 무엇인가가 그 순간을 방해하여 몽상을 깨는 경우가 발생한다 해도 변함이 없다. 오히려 그 일로 인해서 연인과 관련된 새로운 기억이 더욱더 떠올라 이전보다 더 강렬하게 연인을 그리워한다.

이것은 사랑이 의지로는 제어할 수 없는 그 무엇인가가 있기 때문이다. 이렇게 사랑이 좌절된 남자에게는 연인에 대한 기억이 오랫동안 눈물로 남는다.

---

* 러셀(Bertrand Russel) : 1872~1970 / 영국 철학자, 수학자.

사랑의 열정이
냉정으로 변하는 남자

> 어떠한 여건에서도 항상 냉정하고
> 침착한 것만큼 크게 도움이 되는 것은 없다.
> _ 제퍼슨*

        남자는 사랑의 감정이 너무 격렬하여 괴로울 정도가 되면 어느 날 문득 자신이 그 여자를 사랑하고 있는 것이 아니라는 생각이 든다. 마치 깊고 광활한 바다 한가운데서 솟아나는 민물의 샘처럼 말이다.

  남자의 연애를 저지하는 장애 조건들도 있겠지만, 대부분 남자가 일방적으로 구애하고 여자가 계속 남자의 열정을 외면하는 사랑의 경우에 이런 상황이 생긴다. 그럴 때 남자는 어느 날 갑자기 사랑이 공황상태에 빠진다. 그런 감정은 여자가 이해할 수 없는 미묘한 남자들만의 심리이다.

  이러한 상태에 이른 남자는 연인을 생각해도 더 이상 기쁨을 느끼지 못하는 증세가 나타난다. 지금까지 그토록 애타게 구애를 했음에도 불구하고 여자가 너무나 냉담하게 외면해서 괴로웠던 남자는, 이제 그런 사랑에서 오는 고통보다 삶에 대한 흥미를 잃었다는 사실을 훨씬 더 불행하게 느낀다. 한마디로 사랑이 성취동기를 좌절당한데서 오는 깊은 좌절감을 느끼는 것이다.

물론 지금까지의 삶이 대단한 것은 아니었지만 그 여자가 자기 앞에 나타나면서 이 세상은 갑자기 기쁘고 행복한 무대로 바뀌었고 긴장 속에서 살았다. 그러나 이제 그렇게 격앙된 자기 모습은 어느덧 사라지고, 지금은 더욱 우울하고 무기력한 허무감만이 자신의 주위를 감돌고 있는 것이다.

남자가 그런 심리상태에 빠지는 이유는, 사랑의 열정이 너무 지나친 나머지 이미 상상력만으로 연인을 만났을 때 느낄 수 있는 모든 정서적 경험을 다 맛보았기 때문이다.

평소라면 자신에게 냉정하게 굴었던 여자가 잠시나마 다정하게 대해 주면 남자는 그것만으로도 다시 연애의 가능성에 대한 희망이 생겨 마음이 매우 들떴을지도 모른다. 그러나 남자 마음속에는 이미 자신의 상상력이 경험한 슬픈 기억과 고통이 자리하고 있기 때문에 결정작용이 멈추어 버린 것이다.

이런 심리적인 결과를 보면, 여자에 대한 남자의 도취가 강하면 강할수록 그 열정의 감정도 빨리 식는다는 것을 알 수 있다. 이것은 곧 사랑의 열정이란 상대 여성에 대한 열정이 아니라 자신에 대한 열정이라는 것을 알 수 있다. 따라서 열정이 큰 사람은 사랑의 열정도 크다.

---

* 제퍼슨(Thomas Jefferson) : 1743~1826 / 미국 대통령.

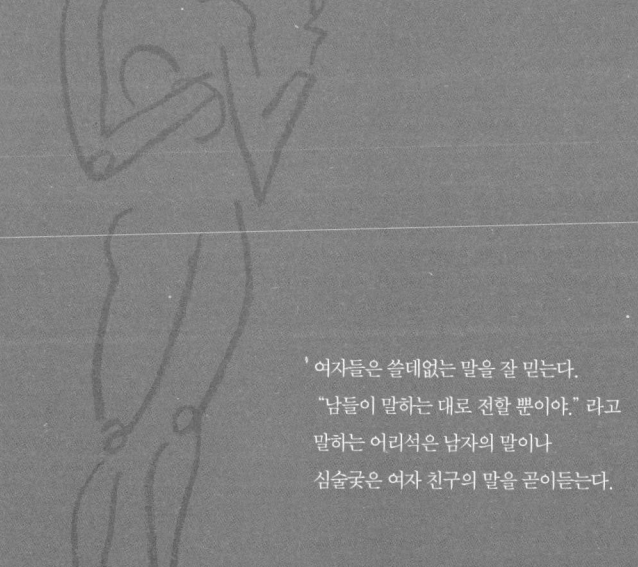

여자들은 쓸데없는 말을 잘 믿는다.
"남들이 말하는 대로 전할 뿐이야."라고
말하는 어리석은 남자의 말이나
심술궂은 여자 친구의 말을 곧이듣는다.

Chapter 2
연애하는 여자들에게
전하는 메시지

남자를 교육하는 것은
여자다

> 남자를 교육하면 한 사람을,
> 여자를 교육하면 한 가족 전체를 교육하는 것이다.
> _ R. 마컴*

오랫동안 우리들은 여자들이 전문적인 교육을 받는 것은 낭비라고 생각하는 시대에서 살았다. 단지 여자들은 아내, 어머니의 역할만 잘할 수 있을 만큼의 교육만 배우면 된다고 여겼다. 그러므로 여자가 대학에 가서 전문 교육을 받는 것은 부모님이 허락하지 않았을 뿐만 아니라 가정교육만을 중요시 했다.

여자가 전문 교육을 받은 후 결혼해서 집안에 들어앉아 버리면 그동안 교육에 투자한 시간과 돈은 무엇이 되겠는가? 그래서 결혼 전 신랑 측에서는 신부 부모에게 "따님이 무척 얌전하군요." 하는 말이 최대의 찬사라 생각했다.

과거 미국에서는 흑인에게 글자를 가르쳐 주면 벌을 내리는 법이 만들어졌다. 이러한 법률은 교육받은 흑인들이 백인의 지위를 넘볼

까봐 두려워했던 것이다. 또한 일부 왕국에서는 왕족들을 제외하고는 국민들에게 교육의 기회를 주지 않음으로써 우민통치를 해온 나라도 있었다.

그러나 요즘은 흑인과 백인이 모두 평등해졌고, 왕국이 거의 해체된 것을 생각해 본다면, 흑인과 일반 국민들에게 교육을 안 시킨 것은 국가로서 큰 손해였다는 것을 알 수 있다.

이와 마찬가지로 일부 남자들은 여자가 교육을 많이 받으면 받을수록 남자들의 권리와 지위가 빼앗길까봐 두려워했다. 하지만 요즘은 남자들의 생각도 많이 바뀌었다. 여자를 단순히 남자를 보필하는 교육에서 벗어나 전문적인 지식인으로 인정하는 남자들이 많아졌다. 이러한 교육은 남편이 죽었을 경우에도 여자가 남은 가족을 부양할 수 있는 능력을 지닌다.

더구나 여자는 자식의 교육을 책임지는 어머니로써의 역할이 매우 중요하다. 그렇기 때문에 아이들이 학교가기 전까지의 교육은 대부분 어머니가 시킨다. 그러므로 어머니가 훌륭해야 자녀들의 인성교육이 제대로 형성될 수 있다.

또한 남자에게 배우자의 생각이나 의견은 큰 영향을 끼친다. 인생의 동반자인 여성에게 옳은 생각과 충고를 들을 수 없는 남편은 불행한 일이다. 물론 주관이 뚜렷하고 똑똑한 남자들은 여자의 영향력을 인정하지 않을 수도 있겠지만 오랜 세월 부부생활을 하면서 똑같은 말을 반복해서 듣는다면 도저히 영향을 안 받을 수가 없다.

연애 시절에는 어떠한가?

남자들은 연애할 때 사랑하는 여자의 손에 잡혀서 다른 누구의 말도 듣지 않고 사랑하는 여자의 말에만 귀 기울인다. 그런데 자기 인생의 동반자인 여자가 한낱 인형에 불과하다면, 그로부터 오는 남자의 불행을 어떻게 감당하겠는가?

유사 이래 모든 사회 권력을 독점해 온 남자들은 자신의 권력을 증대시키는 데 필요한 의견이 아니면 절대 듣지 않았다. 게다가 여성의 교육이 전무하던 시절에 선택받은 일부 여자에게 교육을 시켜 보았더니, 다른 여자보다 자신이 잘났다는 것을 알고 얼마나 똑똑한 척하는지, 남자들이 보기에 심히 마음이 불편했다.

그래서 남자들은 하나같이 말하기를 "똑똑한 여자보다 하녀가 더 좋다"라고 했다. 이 말은 똑똑한 여자들의 지위를 하녀로 동반 하락시키는, 참으로 어리석은 생각이며 열등감의 표현이었다. 열등감을 가진 남자에게 크고 우람한 인격을 기대할 수는 없다.

무성한 숲 한가운데에 어린 나무 한 그루를 심어 보라. 그러면 그 나무는 주변 나무에 가려 바람, 햇빛 등을 충분히 받지 못해 자연스럽게 자라지 못하고 괴상한 모양으로 자란다. 그 나무를 제대로 자라게 하려면 숲 전체의 나무를 동시에 새로 심어야만 한다. 이와 마찬가지로 모든 여자에게 제대로 된 교육을 시킨다면 자신만 잘났다고 떠들어 댈 여자는 없을 것이다.

여자와 남자의 성장과정에서 청소년기에는 여자가 남자보다 체력이 뒤떨어질 뿐, 장난밖에 모르는 또래의 남자보다 훨씬 성숙하고 영리하다. 그런데 왜 스무 살이 넘으면 여자는 소심하고 바퀴벌레 한 마리만 보아도 바들바들 떠는 겁쟁이가 되고, 남자들은 믿음직하고 유능한 청년이 되는 것일까?

그 이유는 간단하다. 인간이 성장하는 과정에서 자립하는 데 필요한 교육이 여자에게는 부족했기 때문이다. 그 대신 여자들은 생활의 경험에서 터득한 지식에 큰 영향을 받는다. 그러나 진짜 삶의 현장에서 삶의 지혜를 터득하는 여자들도 어려운 일에 당면했을 때 체계적으로 인식하는 지식을 배우지 못한다면 삶의 본질을 이해할 수 없다.

---

*마컴(Charles E. Marckham) : 1852~1940 / 미국 시인.

여자가 아닌
독립된 인간으로 살아라

> 지상의 가장 큰 행운은 독립이다.
> _ 기번*

　　　　　　어느 군 대령 집에서는 딸 4명을 하루 종일 공부시킨다. 교육 내용은 하루 종일 쓸데없는 역사 연표 외우기, 자수 놓기뿐이다. 그렇게 하루 종일 자수를 놓아 봤자 1년에 벌 수 있는 돈은 가정교사 한 달 치 월급도 안 된다. 겨우 그 돈을 벌자고 딸 4명을 인간 기계로 만드는 사이, 진정한 지식을 배우는 시간을 낭비하고 있다.

　어떤 사람들은 "여자가 너무 많이 배우면 아이를 낳고 기르는 본연의 의무를 등한히 한다."고 말한다. 하지만 여자는 타고난 모성애가 있기 때문에 자신의 역할을 절대 잊지 않는다.

　이제 여자도 남자와 똑같이 높은 교육을 받고, 사회에서 일에 대한 성취도 인정하는 시대에 살고 있다. 능력 있는 여자에게 가사 일과 취미 생활만 하라고 강요할 수는 없다. 그럼에도 불구하고 일부 남자들은 아직도 가사 일만 요구하는 남자들도 있다.

이런 남자들은 '여자들은 순종적이라 섹스 할 때도 반항하지 않는다.' 라고 생각한다. 그러나 당신의 아내가 매일 밤 시큰둥한 얼굴로 남편의 섹스 상대가 대기보다는 한 달에 한 번, 일 년에 한 번쯤은 정열적인 사랑으로 불같은 섹스를 하는 쪽이 더 좋을 것이다. 이러한 열정적인 섹스는 함께 사는 남편에게도 행복이 전염된다.

남편들이 사회에서 일하는 동안, 아내들은 집안에서 꽃꽂이를 할 수도 있고, 셰익스피어 작품을 읽을 수도 있다. 꽃꽂이를 한 여자는 문학 책을 읽은 여자보다는 깊은 사색을 하지 않았기 때문에 남편을 이해하기보다는 잔소리 할 확률이 높다.

그러나 셰익스피어 작품을 읽은 여자는 남편만큼 정신적으로 피곤하고 깊은 사색을 했기 때문에 남편에 대한 피곤함을 이해할 수 있고, 남편과 대화할 수 있다.

하지만 무식한 남자들은 여자가 지적으로 성장하는 것을 두려워한다. 남자로서의 우월감 때문에 그들은 여자보다 더 많은 것을 알고 있다고 자부한다. 그러면서도 한편으로는 여자들의 지적 성장을 불안해한다.

여자들이여~!

당대 가장 훌륭하고 능력 있는 남자들에게 구애받고 싶다면, 여자다운 감성을 지니면서 지적으로 뛰어난 능력을 갖추어라.

그러나 일부 사람들은 "여자가 높은 교육을 받으면 남자의 배우자가 아닌 경쟁자가 될 것이다."라고 말한다. 이런 말들은 법으로 연애를 금지하지 않는 이상 생기지 않는다. 여자의 지적 매력은 결정작용을 일으키는 또 하나의 요소이기 때문에 지적인 여자와 연애를 하게 되면 남자는 여자의 사상을 함께 토론하면서 더욱 그녀에게 매혹된다. 또한 개인의 사상에는 어느 정도 성격과 인격이 반영되어 있기 때문에 서로를 더욱 잘 이해하게 되므로, 이런 연애는 다른 연애처럼 맹목적이지 않고 불행도 적다.

여자는 남자에게 사랑받고 싶은 욕망이 있는 한, 아무리 높은 교육을 받아도 여자다움은 사라지지 않는다. 높은 교육을 받은 여자는 여자답지 않다는 생각은 꾀꼬리에게 노래를 가르치면 봄에 지저귀지 않을까봐 걱정하는 것과 같다.

---

* 기번(Edward Gibbon) : 1737~1794 / 영국 역사가.

결혼은 스스로
선택하라

> 강요된 결혼은 지옥과 같고,
> 일생을 두고 불화와 알력이 멎지 않는다.
> _ 셰익스피어*

당신은 결혼을 어떻게 선택하는가?

 부모의 강요나 집안 체면 때문에 사랑 없는 결혼을 한 여자가 정절을 지킨다는 것은 자연에 위배되는 일이다. 그동안 사람들은 이 자연에 위배되는 일을, 지옥의 공포를, 종교적인 설교를 들으며 지켰다. 그러나 지옥이 무서워서 진심을 숨긴다는 것은 매우 거짓된 행동이며 이기적인 일이다.

 투르벨 부인은 발몽이라는 남자를 아주 많이 사랑했지만 그의 유혹을 거절했다. 거절 이유는 혹시라도 살아 있을 때 자신의 불륜이 죽은 후 지옥으로 떨어져 끓는 가마솥에 들어갈까 봐 두려웠기 때문이다. 만일 내가 발몽이라는 남자였다면 '내가 겨우 지옥의 가마솥보다도 못한 존재인가?' 하고 기분 나빠서 투르벨 부인을 사랑하지 않았을 것이다.

  남자들은 여자가 결혼한 후에 정절을 지키기 바란다면, 결혼 전에 여자가 많은 남자들을 만나 연애할 수 있는 자유를 주어야 한다. 그러한 연애 경험이 남자와 자신의 행복에 대한 이해의 폭을 최대한 넓히고, 결혼 후에는 한 남자와 자신의 행복을 위해서 책임질 수 있는 지혜의 삶을 유지해야 한다. 그러나 결혼 후의 불행으로 자신의 행복을 위해서 이혼을 선택해야 한다면, 친인척이나 다른 사람들의 시선 때문에 이혼을 결정하기 보다는 스스로 선택해야 한다.

  그런데 이러한 선택과 상관없이 여자들이 반드시 명심해야 할 것이 있다. 여자는 결혼을 하면 청춘의 가장 아름다운 날들을 잃어버리게 되고, 이혼함으로써 어리석은 사람들에게 입방아에 오르게 된다는 사실이다. 정말 안타까운 일은, 사랑 없이 결혼해서 정절을 지키던 젊은 여자가 마침내 사랑하는 남자를 만나서 남편에게 이혼을 요구하는 순간, 과거에 애인을 수많이 두었던 여자들에게까지도 비난 받는다는 것이다.

  하지만 그 보다 더 불행한 여자는, 남편을 사랑하지 않아 냉정하게 살면서도 체면 때문에 지금 사랑하는 남자로부터 구혼을 거절하는 유부녀이다. 이런 여자는 평생 불행하게 사는 이유를 스스로 만든 것이기에 동정의 가치도 없다.

* 셰익스피어(William Shakespeare) : 1564~1616 / 영국 극작가, 시인.

결혼해도 자신을 위해 끊임없이 배워라

> 잘 먹고 잘 입고 좋은 집에 살면서도
> 배우지 않는다면 짐승과 같다.
> _ 맹자*

여자들이여!

결혼해서 집안일, 아이 키우는 일 등으로 아무리 바빠도 하루 몇 시간만은 자신을 위해 써라. 이미 현명한 남자들은 바쁜 업무에도 자신만을 위한 여가 시간을 보낸다. 물론 아이가 홍역에 걸려 위급한 상황인데 문학에 빠져 즐거움을 느낄 수 없고, 은행가인 남편이 파산 직전에 있는데 철학적 명상에 빠질 수는 없다.

그러나 여자가 지적으로, 정신적으로 끊임없이 성장하는 것. 이것이야말로 경제적으로 부유한 여자가 비속함에서 벗어날 수 있는 유일한 방법이다.

이제 막 사회초년생인 직장인, 변호사, 의사 혹은 사업을 시작하려는 젊은이들은 특별히 교양을 쌓지 않고도 사회생활을 잘 할 수 있다. 이는 각자 직업에 종사하면서 매일매일 교양을 쌓기 때문이다. 그렇다면 이들의 아내는 어떤 방법으로 교양과 지식을 쌓아야 하는가? 아내들은 가정에 고립되어 자신을 위한 인생과 사색에 관한 책은 덮여 있다. 매달 남편이 주는 쥐꼬리 같은 돈으로 늘 똑같은 용도로 소비하는 것이 다 아닌가?

이왕 내친김에 남자들에게도 충고 한마디 할까 한다. 아무리 별 볼 일 없는 남자라도 젊고 잘생기면 달려드는 여자가 있는데 그런 여자는 지적이지 못하고 무식한 경우가 많다. 무식한 여자는 본능대로 움직이기 때문이다. 현명하고 똑똑한 여자라면 그런 남자는 잘생긴 하인 정도밖에 보지 않는다.

이와 반대로 여자들에게 전하고 싶은 것은, 여자들은 대부분 결혼하면 가사 일에 열중하느라 배우는 것을 잊어버리는데 참으로 안타깝다. 하프를 제대로 연주하려면 6년간 매일 4시간씩 연습해야 하고, 수채화를 잘 그리려면 3년 정도의 시간을 투자해야 하는데, 대부분의 여자들은 중간 정도의 실력에도 도달하지 못하고 포기한다.

하물며 재능 있는 여자도 결혼하고 3년 지나면 한 달에 한 번 하프를 연주하거나 수채화를 그리기 위해 붓을 잡지 않는다. 이는 단순한 가사 일에 익숙해져 있기 때문에 복잡한 일은 귀찮아진 것이다.

물론 타고난 예술가의 영혼을 가진 여자라면 문제가 다르겠지만 그런 여자라면 이미 가정주부이기 보다는 전문 예술인이 되어 있다.

그러므로 여자들은 인생을 살면서 여러 가지 문제가 생겼을 때 대처할 만한 자신의 능력을 무엇 하나 갖추지 못한 체 시간을 낭비한다.

그렇기 때문에 딸을 제대로 교육시키려면 사랑에 대해 가르쳐야 한다. 여자 나이 16살이면 이미 사랑에 눈 뜨는데, 이처럼 중요한 시기에 사랑의 관념을 누구에게 배운단 말인가?

루소의《신엘로이즈》La Nouvelle Heloise나 셰익스피어의 작품 등 문학과 철학 서적은 이 시기에 큰 도움을 줄 것이고, 사고력과 판단력으로 감성적인 여자가 되기 위해서는 아내로써의 만족보다는 자신을 위한 책읽기가 능력 있는 여자로 만들 것이다.

---

* 맹자(孟子) : 기원전 372~289 / 중국 전국시대 철학자.

영원히 사랑받고 싶다면 똑똑해져라

> 가장 많이 아는 것이 아니라
> 가장 좋은 것들을 아는 것이 가장 고상한 지식이다.
> _ 무어*

인간의 운명은 나이 든 후, 남녀를 불문하고 젊었을 때 어떻게 살았느냐에 따라 달라진다. 중년의 위치는 젊음의 과실이며 노후는 중년을 보낸 결실이다. 인생이란 중년, 노년이기 때문에 고독하거나 불행한 것이 아니라 자기 자신이 살아온 과거의 삶이다.

특히 여자들은 더욱 그렇다. 젊음이 한창인 20대에는 남자들의 관심 집중이 되어 인기가 많지만 40대 아줌마가 되면 아무도 쳐다보지 않는다. 또한 자신의 진짜 가치보다도 낮게 취급되고, 자식이나 남편의 능력에 따라 존경받기도 하고 멸시받기도 한다. 능력 있는 남편이나 훌륭한 자식을 둔 여자는 존경과 부러움을 받지만 그렇지 못한 여자는 멸시받기도 한다. 하지만 자신의 존경과 멸시를 남편이나 자식에게 맡겨둘 수는 없다.

만약 어머니가 미술에 뛰어난 재능이 있을 경우, 자식에게 전해주는 길은 운 좋게도 그 재능을 유전적으로 물려받는 길이지만, 어머니가 지적이고 교양 있는 분이라면 자식의 타고난 재능뿐만 아니라 사회생활에서 적응을 잘 할 수 있도록 유용한 지혜와 지식을 가르칠 것이다. 시골아이들보다 도시아이들이 똑똑한 것은 좋은 교육을 받은 어머니가 도시에 많이 살기 때문이다.

예전에 발명한 인쇄술이나 방적술 등은 지금 살아가는 현대인들에게 매일 행복에 공헌하고 있다. 또한 몽테스키외, 라신, 라 퐁텐 같은 문학가들도 마찬가지이다. 이렇듯 좋은 교육을 받은 사람이 많을수록 이런 훌륭한 인물도 많이 나온다.

구두를 수선하는 직공이 위대한 문학 작품을 쓸 수 있는 영혼을 갖고 있다고 해도 감정을 발전시켜서 대중에게 전하는 교육을 받지 못한다면 훌륭한 인물이 될 수 없다.

마찬가지로 여자도 남자만 할 수 있는 일이 따로 있다는 편견은 버리고 큰 포부를 가져야 하며, 자신의 가정만이 아닌 대중에게 행복을 줄 수 있는 일을 할 수 있도록 좋은 교육을 받아야 한다.

연애를 하든, 결혼 생활을 하든, 자기 여자에게 자신의 생각과 사상을 함께 토론할 수 있는 남자가 얼마나 될까? 고생을 함께 해주는 마음 착한 여자는 얼마든지 있다. 그러나 이런 여자에게 남자가 사회생활에서 얻은 지식과 자신의 사상을 이해시키려면 처음부터 낱낱이 설명해야만 한다. 어떤 상황을 판단하기 위해 그처럼 복잡한 단계를 설명해야 하는 착한 여자에게 현명한 조언은 기대할 수 없다. 이런 여자에게 남자는 정신적인 위안을 얻기보다는 권태로움을 느낄 수 있다.

이와 반대로 여자가 지적이고 현명하다면, 남자는 여자에게 사회생활에서 고통 받은 상황이나 자신의 사상 등을 의논, 토론하고 공유할 수 있기 때문에 인생의 희로애락을 함께 헤쳐 나간다는 동지애를 느낄 수 있다.

남자는 일생에 한 번 인류를 위해 큰일을 해낼 기회를 맞을 수 있다. 그러나 함께 지내는 여자가 현명하고 똑똑하지 못하다면 이 좋은 기회를 놓칠 수 있다. 그러므로 인류를 위해서라도 여자들도 남자들과 똑같은 교육을 시켜야 한다. 남자만 배우는 과목이 아닌, 모든 학문을 똑같이 배워야 한다. 그리고 여자는 어머니로부터 연애, 결혼, 남자의 불성실함 등 실제적인 내용을 교육받아야 한다.

---

* 무어(Edward Moore) : 1712~1757 / 영국 우화작가, 극작가.

어떤 남자를 선택하는 것이 좋은가?

> 우리는 자신이 선택한 것을 믿을 수 있다.
> 우리는 믿겠다고 선택한 것에 대해 책임을 져야 한다.
> _ 뉴먼 추기경*

젊은 남자들끼리 모여서 여자 이야기를 하다 보면, 여자를 손에 넣기 위해서는 '돈 후안' 처럼 해야 하는지, '베르테르' 처럼 해야 하는지 토론을 벌인다.

돈 후안이라는 남자는 여자를 유혹하는 데 뛰어난 희대의 방탕아 플레이보이를 말하고, 베르테르는 유명한 괴테의 소설 《젊은 베르테르의 슬픔》의 주인공으로 이루지 못한 사랑에 비관하여 권총 자살을 하는 청순한 영혼의 남자를 말한다.

'돈 후안' 형 남자는 세상을 사는 데 유용한 성품을 지녔으며 인기도 많다. 대담하고 임기응변도 뛰어나며, 활발하면서도 침착하고 재치도 많다. 그러나 이따금 공허함을 느끼며, 말년 역시 비참한 경우가 많다.

'베르테르' 형의 남자는 온갖 아름다움을 느끼는 데 자신의 영혼을 열어 놓고 있다. 감미롭고 아름다운 순간, 달빛, 숲의 아름다움, 그림의 아름다움 등을 사랑한다. 이런 사람에게 미의 형태는 아무래도 좋다. 옷이 낡았어도 돈이 없어도 행복할 수가 있다. 하지만 감수성이 너무 지나쳐서 광적인 정신상태가 될 수도 있다.

보통 맑은 영혼을 소유한 여자라면 소녀 시절만 지나면 진정한 사랑이 어떤 것인지 구별할 수 있기 때문에 이런 여자가 '돈 후안' 형 남자에게 넘어가는 일은 거의 없다. '돈 후안' 형 남자에게는 유혹한 여자의 가치보다는 얼마나 많은 여자를 만났느냐가 중요하다.

대부분 방탕한 남자들은 매우 유복한 가정에서 태어난다. 그리고 그들이 받은 교육과 주변 사람들의 영향 때문에 이기적이며 몰인정한 사람이 된다. 더 심한 경우에는 여자의 불행을 즐기는 남자도 있으니 주의해라.

사람이 자신의 기질, 즉 영혼을 선택하여 태어날 수 없는 것처럼 아무리 노력해도 돈 후안이 베르테르처럼 살 수 없고, 베르테르가 돈 후안처럼 살 수 없다. '베르테르' 형 남자의 삶이 더 서정적이고 달콤하겠지만 '돈 주안' 형 남자의 삶이 훨씬 화려하다는 것은 부인할 수 없다. '베르테르' 형 남자가 아무리 내성적인 취미와 명상적인 습관을 바꾼다 하더라도 여전히 사교계에서는 그다지 눈에 띄지 않을 것이다. 반대로 '돈 후안' 형 남자는 남자들 사이에서도 부러움을 사고, 방탕한 기질만 버린다면 진실한 사랑도 얻을 수 있다.

'돈 후안' 형과 '베르테르' 형은 각각 장단점이 있으므로 어느 쪽의 삶이 더 나은지는 정확히 말할 수 없다. 그러나 나는 '베르테르' 형 남자가 더 행복하다고 생각한다. '돈 후안' 형 남자에게는 연애가 한낱 평범한 일상사에 지나지 않지만, '베르테르' 형 남자는 사랑의 욕망에 맞추어 현실을 재구성하여 완벽한 행복을 누린다.

'돈 후안' 형 남자는 야심이나 돈에 대한 탐욕과 마찬가지로 사랑의 욕망도 있는 그대로의 냉혹한 현실 속에서 만족하고 그 행복도 불완전할 수 있다. 즉, '돈 후안' 형 남자는 결정작용을 통해 황홀한 몽상에 빠져 있는 것이 아니라, 싸움터의 장군처럼 작전의 성공만을 생각하고 있다. 이들은 사람들이 생각하듯이 남보다 더 사랑을 즐기고 있는 것이 아니라 오히려 사랑을 잃어버리고 있다.

또 하나 중요한 점은, '베르테르' 형 남자는 절대 악인이 아니라는 것이다. 특별한 경우를 제외하고는 사람의 도리를 지키는 사람은 행복하게 산다. 그러나 '돈 후안' 형 남자들은 자기와 관련된 사람에 대한 의무를 모두 저버린다.

'돈 후안' 형은 인생이라는 큰 시장에서 물건만 받고 돈은 결코 준 적이 없는 악덕 상인이다. 인간은 서로 동등하게 지켜야 할 도리가 있다는 사실을 그는 모른다. 또한 '돈 후안' 형 남자는 너무나 자기애에 빠져 있기 때문에 자신이 저지른 악덕을 깨닫지 못하고, 기쁨도 괴로움도 이 우주 안에 자기 혼자라고 생각한다.

'베르테르' 형 남자가 청춘의 불꽃이 타올라 온갖 열정으로 생명력을 느끼고 상대의 마음을 조금도 의심하지 않을 때, '돈 후안' 형 남자는 감각적인 기쁨과 피상적인 행복밖에는 느끼지 못한다. 그리고 '베르테르' 형 남자가 상대방에게 의무를 다하는 것을 보면서, 자기 일밖에 모르는 자신을 자랑스럽게 생각하면서 그런 것이 탁월한 생활방식이라고 자부한다.

그러나 '돈 후안' 형은 세월의 흐름 속에서 인생의 덧없음을 깨닫고 그때까지 주었던 기쁨에 차츰 혐오감을 느낀다. 이런 남자 중에 말하기를 "유형별로 여자를 나눠 봐도 20가지도 채 안 돼. 그것도 유형별로 서너 명만 만나 보면 곧 싫증이 난단 말이야." 라고 한다.

나는 그런 남자에게 이렇게 말했다. "연인에게 영원히 싫증을 느끼지 않으려면 연인에 대한 환상을 잃어버려선 안 돼. 그것만 간직하고 있다면 어떤 여자라도 그녀만의 매력을 느낄 수 있지. 같은 여자라도 3년 빨리 알았느냐 늦게 알았느냐에 따라서 다른 사랑을 할 수 있어. 그러나 감수성이 섬세한 여자는 자네를 아무리 사랑하고 있어도 자네와 평등해지려고 할 테니, 자네의 자존심에는 거슬릴 거야. 자네처럼 여자를 대하다가는 인생의 다른 모든 기쁨을 잃어버리고 말 걸세. 베르테르처럼 여자를 대한다면 인생의 기쁨은 백 배쯤 많아질 걸세."

* 뉴먼(John Henry Newman) : 1801~1890 / 영국 추기경.

'베르테르'형 남자와 연애하라

> 연애와 결혼의 관계는 매우 재미있는 서막과
> 매우 지루한 연극의 관계다.
> _ W. 콩그리브*

      '돈 후안' 형 남자는 자기가 싫증을 느끼는 것은 모두 여자 탓이지, 자신의 탓이라고는 절대 생각하지 않는다. 그래서 자신을 좀먹고 있는 독의 고통으로부터 몸부림치면서 연달아 상대 여자를 바꾼다. 그렇게 해보았자 겉만 화려할 뿐, 고통의 종류를 바꾸는 행동에 불과할 뿐이다. 이제 그는 평온한 권태에 빠지느냐 아니면 안절부절 못하는 권태에 빠지느냐 만을 선택할 수 있을 뿐이다.

 마침내 그런 자신의 상황을 인식하면, 어떻게 해서든 자신의 능력을 타인에게 인정받지 않고서는 못 견디기 때문에 보란 듯이 부도덕한 행동도 하는 막다른 골목까지 가게 된다. 그러나 정말 똑똑한 사람이라면 이 막다른 골목에서 되돌아 나올 수도 있다.

 원래 '돈 후안' 형 남자의 성격은 근본적으로 앞뒤가 맞지 않는 모순을 지니고 있기 때문에 지성을 지닌 똑똑한 사람이라면 '돈 후안' 형이라도 가능하다. 이처럼 지성이라는 것은 훌륭한 행동을 만든다.

남녀 사이에서 연애의 기쁨은 사랑하는 데 있다. 내가 상대방에게 열정을 일으키는 것보다 내가 상대방 때문에 열정을 느끼는 것이 더 행복하다. 따라서 '돈 후안' 형 남자들의 행복은 덧없는 것이다. 전투에서 승리한 장군도 이런 남자보다는 더 강한 기쁨을 느낄 것이다.

이에 비해 오랫동안 짝사랑해 왔던 여자에게서 사랑한다는 말을 들은 '베르테르' 형 남자의 기쁨은 마렝고 전투에서 승리한 나폴레옹의 기쁨보다도 큰 것이라고 장담한다.

'돈 후안' 식의 연애는 취미로 사냥하는 것과 똑같다. 쉴 새 없이 자신의 실력에 도전해 오는 여러 자극에 따라 움직인다. 그러나 '베르테르' 식 연애는 한 편의 비극 작품을 탄생시키려고 천 번이나 쓰고 또 쓰는 풋내기 학생의 심정과 같다. 정열적인 사랑에 빠진 남자는 모든 만물이 마치 어제 새로 만들어진 것 같은 새로움을 느낀다.

그리고 이 모든 풍경에서 사랑하는 여자의 모습을 본다. 그러나 '돈 후안' 형의 남자는 이러한 사랑의 환상에는 관심이 없다. 여자의 가치는 오직 자신에게 얼마나 유용한가에 따라 정해지며, 새로운 흥미로 자극을 줄 수 있어야만 한다.

'돈 후안' 형의 남자는 '베르테르' 형 남자의 맹세와 순정을 비웃는다. 그리고 어차피 남녀 관계에서 중요한 것은 육체적 쾌락이 아니냐고 말한다. 하지만 2주일 동안 애를 태운 애인과 3달 동안 즐기는 쾌락과, 3년 동안 쫓아다닌 애인과 10년 동안 즐기는 쾌락은 다르다.

'영원히 즐기는 쾌락'이라 말하지 않은 것은, 나이가 들면 몸도 변해서 사랑의 쾌락을 즐길 수 없다고 말하는 사람들도 있기 때문이다. 그러나 나는 절대 그렇게 생각하지 않는다. 나이가 들면 애인은 친구가 되어 노년에만 느낄 수 있는 또 다른 기쁨을 줄 것이다. 마치 아침에는 장미였던 꽃이 저녁에는 달콤한 열매로 변하는 것과 같이 말이다.

3년이나 마음을 졸이며 사랑했던 여자는 말 그대로 한 남자의 주인이 된다. 곁에 다가가기만 해도 가슴이 마구 떨릴 수밖에 없다. '돈 후안' 형 남자에게 충고하건대 가슴 떨림이 있는 한 남녀 사이의 권태란 느낄 수 없는 법이다.

---

* 콩그리브(William Congreve) : 1670~1729 / 영국 극작가.

쾌락이란 인간의 마음이 느끼는 것을
좋아하는 모든 지각을 말한다.
지금 이 순간 느끼는 것보다 잠자기를 원한다면
그것은 분명히 고통일 것이다.
사랑의 욕망은 고통이 아닌 쾌락이다.

Chapter 3
각 나라마다
다른 **연애법**

자신의 연애를
분석하는 법

> 세상의 약속이란 대부분이 허무한 허깨비다.
> 자기 자신을 믿고 가치 있는 존재가 되는 것이
> 가장 안전하고 좋은 길이다.
> _ 미켈란젤로*

사람의 기질은 여섯 가지로 나눌 수 있는데, 모든 연애와 상상력은 이 기질에 영향을 받는다.

첫째, 다혈질이다. 이 기질은 쾌활하고 활동적이나 성격이 급하고 인내력이 부족한 기질다. 프랑스인에 다혈질이 많다. 예를 들면 데피네 부인의 《회상록》에 나오는 프랑쿼이유(francueil) 부인이 대표적이다.

둘째, 담즙질이다. 이 기질은 침착하고 냉정하며 의지력과 인내력이 강하나 고집스럽고 거만하다. 스페인 사람이 그러하다. 예를 들면 로댕의 작품 생 시몽의 《회상록》에 나오는 페길렌(peguilhen)이 바로 그런 사람이다.

셋째, 우울질이다. 이 기질은 사소한 일에도 지나치게 생각이 많으며 쓸데없는 일에 애쓰면서 늘 마음이 우울하다. 독일인이 이에 해당한다. 예를 들면 실러의 작품 《돈 카를로스》의 주인공이 그러하다.

넷째, 점액질이다. 이 기질은 감정이 차갑고 활발하지 못하나 침착하고 의지가 강하며 끈기가 있다. 이 기질은 네덜란드인들에게 많다.

다섯째, 신경질이다. 이 기질은 신경이 예민하여 사소한 자극에도 필요 이상으로 민감하게 반응한다. 예를 들면 프랑스의 작가 볼테르가 바로 여기에 해당한다.

여섯째, 장사기질이다. 이 기질은 묵직한 성격으로 힘으로 표현한다. 예를 들면 기원전 6세기경 힘이 놀랄 만큼 세서 전설로 남은 장사 밀론이 여기에 해당한다.

이처럼 다양한 기질들이 야심, 탐욕, 우정 등에 영향을 미친다면, 과연 연애에는 어떤 영향을 미칠까? 이미 밝힌 것처럼 연애는 네 가지 종류(정열적인 연애, 취미적인 연애, 육체적인 연애, 허영적인 연애)로 나눌 수 있다.

이러한 네 종류의 연애에다, 위에서 말한 여섯 가지 기질(다혈질, 담즙질, 우울질, 점액질, 신경질, 장사기질) 변화를 적용한 후, 얻은 모든 배합을 토대로 해서 국민성과 정치 형태에 따라 달라질 수 있다.

이러한 형태는 콘스탄티노블에서 볼 수 있는 아시아적인 전제주의, 루이 14세 식의 절대군주제, 영국의 귀족제도, 미국의 연방공화

제, 스페인이나 포르투갈, 프랑스처럼 혁명 국가 등 다양한 국가의 정치 기질에 따라 달라질 뿐만 아니라 개인의 연애 종류 방향, 나이 차이, 개인적인 특성 등이 연애에 영향을 미친다.

예를 들어 다음과 같다.

"내가 드레스덴의 볼트슈타인 백작에게서 발견한 것은 허영적인 연애, 우울질, 군주제적인 관습, 나이 30세, 그리고 개인적인 특성은…."

이러한 관찰법은 상황을 간단하게 만들고, 연애를 고찰하는 인간의 머리를 냉정하게 만든다. 이것은 매우 중요하면서도 그만큼 어려운 일이다.

하지만 우리가 비교 해부학적으로 몸을 살펴보지 않으면 우리의 몸을 제대로 알 수 없는 것처럼, 정열의 경우에도 허영심을 비롯한 여러 가지 착각이 자신의 정열을 제대로 파악하지 못하게 방해하는 경우가 있으므로, 관찰을 통해서만 자신의 내부에서 일어나는 일을 제대로 알 수가 있다.

이 글이 독자에게 조금이나마 도움이 된다면, 그것은 독자의 정신을 인도하여 각 나라 국민의 일반적인 연애 경향의 종류를 비교해 보는 것이다.

---

* 미켈란젤로(Michelangelo Buonaroti) : 1475~1564 / 이탈리아 화가, 조각가, 시인.

미국인의 연애

> 완전한 남자구실을 미국 여자들은 자기 남편에게,
> 영국 여자들은 오로지 자기 하인에게 기대한다.
> _ 서머빌*

자유로운 정부란 국민에게 해를 끼치지 않으면서도 안전과 평화를 주는 정부이다. 그러나 안전과 평화가 지속적으로 유지되기 때문에 행복하다는 것은 단순한 행복이다. 인간은 스스로 행복을 만들 때 참된 행복을 느낀다.

유럽인들은 국민에게 해를 끼치는 정부를 겪으면서 해방만이 최상의 행복인 것처럼 느끼기 때문에 참된 행복에 혼동한다. 이는 마치 고통에 시달리는 병자와 같은 셈이다.

그러나 미국은 그 반대의 예를 보여 주고 있다. 미국 정부는 안전과 평화를 잘 수행하면서도 국민에게 해를 끼치지 않는다. 하지만 다른 유럽인들의 눈에는 정부로 인하여 고통 받지 않는 미국인이 무엇인가 부족한 듯 보인다. 미국인들이 옳고 이성적이지만 감수성이 말라버린 것 같은 인상을, 유럽인들은 받기 때문에 그들이 조금도 행복하지 않다고 느낀다.

성서, 이 책에서 끌어낸 고상한 결론과 행동의 규범이 모든 불행을 자아내는 충분한 원인이 될 수 있을까? 개인적인 생각에서 볼 때 원인에 비해서 결과가 너무 크다는 느낌이다.

한 예를 들어보자.

어느 날, 드 볼네 씨는 미국인에게 식사 초대를 받았다. 그 미국인에게는 성장한 아들 세 명이 있었는데, 마침 둘째아들이 식당으로 들어와서 말했다.

"윌리엄 드 볼네 씨, 앉으세요. 얼굴 좋아 보입니다." 하고 말했다. 드 볼네 씨는 "누구세요" 하고 묻자, 그 미국인은 "둘째 놈입니다." 하고 말했다. 그러자 미국인 아버지는 아들에게 "어디서 오는 길이냐" 고 물었다. 아들은 "중국 광둥에서 지금 돌아오는 길입니다." 라고 했다. 이렇듯 미국인은 아들이 지구 끝에서 돌아왔는데도 겨우 이 정도의 이야기뿐이다.

미국인의 주의력은 모든 생활을 합리화해서 위험을 예방하는 데 쏟는다. 그리고 마침내 오랜 시간의 노력과 주의력의 결실인 열매를 딸 때가 되면, 그것을 즐기기에는 생명이 얼마 남지 않았다는 것을 알게 된다. 이는 마치 윌리엄 펜(펜실바니아의 정치가)의 말처럼 "살기 위해 사는 보람을 잃어버린다."는 것과 같다.

미국인들도 겨울에는 젊은 남녀가 낮과 밤에 눈 위를 달린다. 그들은 매우 멀리까지 여행가서 썰매, 스키 등을 즐기지만 아무도 간섭하지 않는다. 그런데도 그들은 법률에 어긋나는 일은 행동하지 않는다.

또한 젊음의 체력도 25세가 넘으면 혈기가 쇠퇴해지고, 인생을 즐기는 원동력인 정렬도 사라지기 때문에 그들은 젊은 시절을 소중하게 느낀다.

그러나 미국에서는 이성적인 행동 양식이 지배적이라 사랑의 결정작용이 불가능할 수밖에 없다. 그들의 삶에 감탄하지만 부럽지는 않다.

---

* 서머빌(William Somerville) : 1675~1742 / 영국 시인.

영국인의 연애

> 영국인들은 아름다움보다 내구성을 더 선호한다.
> _H. 캐슨*

1

최근 발렌시아 〈델 솔〉 극장의 댄서들과 친해졌다. 그녀들 대부분은 일이 매우 피곤하지만 몸가짐은 단정하다. 비가노는 댄서 아가씨들에게 매일 아침 10시부터 오후 4시까지, 자정부터 새벽 3시까지 〈톨레도의 유대인 아가씨〉라는 발레를 연습시킨다. 그리고 그들은 매일 밤 발레 공연을 위해서 두 차례 무대에 서야 한다.

오늘 밤 아름다운 댄서들과 해변을 산책하면서 이런 생각을 했다. '이 발렌시아의 하늘 아래 손에 잡힐 듯한 찬란한 별들을 바라보면서 상쾌한 바다의 미풍을 온몸으로 느끼는 즐거움은, 프랑스처럼 안개가 짙은 음산한 나라에서는 맛볼 수 없겠구나. 이런 즐거움만으로도 먼 길을 온 가치가 있다. 영국 남자들이 그 문명국에 첩을 두는 관습을 점차 부활시키려는 이유를, 이 귀여운 댄서들의 몸가짐의 단정함에서 찾을 수 있겠구나' 하고 말이다.

이 섬나라에서 자유가 추방된 것은 극히 최근의 일이다. 국민성은 우수한 독창성이 있는데도 여자들은 독창적인 생각이 결여되어 있다. 그 이유는 간단하다. 영국에서는 여자의 순결은 곧 남편의 자랑이기 때문이다. 그러나 아무리 온순한 여자라도 그런 사귐은 무거운 짐이 된다. 그래서 영국 남자들은 이탈리아 남자처럼 사랑하는 여자와 함께 밤새워 섹스 할 수 없기 때문에 매일 밤 말없이 술만 마신다.

또한 부부 생활에 권태를 느낀 영국 남자들은 운동한다는 구실로 매일 몇 십 킬로미터씩 걷곤 하는데, 그들을 보면 마치 인간이 걷기 위해 태어난 사람들 같다.

이렇게 해서 그들은 자신의 열정을 심장이 아닌 발로 소비한다. 그러면서도 애써 여성의 품격에 대해 이야기하며, 에스파냐와 이탈리아를 경멸한다.

이에 반해 이탈리아의 젊은이들은 운동하기를 싫어한다. 운동은 사람의 감수성을 둔하게 만든다고 생각하기 때문에 가끔 건강을 위해 산책할 뿐이다.

2

영국의 남편들은 여자의 자존심을 교묘하게 이용해서 아내의 허영심을 억누른다. 특히 아내에게 천한 옷차림은 금물이다. 그러니 딸을 교육시키는 어머니들도 딸에게 같은 교육을 시킨다.

그러므로 유행은 프랑스보다 영국에서 훨씬 비상식적인 것으로 멸시받는다. 파리에서는 유행이 하나의 즐거움이지만, 영국에서는 더러운 옷차림이다. 영국의 남편들은 아내의 불만과 우울한 생활의 대가로 귀족적 취미를 흔쾌히 승낙하는 것이다.

한때 유명했던 버네이의 소설을 읽어보면, 남자의 무언(無言)이 자존심을 만들어 낸 영국 여자들의 사회가 어떠했는지를 잘 알 수 있다. 물을 먹고 싶어도 물 한 컵 찾는 것은 사회 관념상 천한 것이라는 생각 때문에, 그녀가 묘사한 여주인공들은 갈증으로 죽어 간다. 천해 보이지 않으려고 가장 증오해야 할 가식에 빠진다.

유복하게 자란 22세의 영국 청년에게서 볼 수 있는 경계심과 이탈리아 청년의 의심을 비교해 보자. 이탈리아 청년은 여자를 사랑할 때 그녀의 마음을 확신할 수 없는 의심이 생기면 최선을 다해 가까워 질 수 있도록 노력해서 의심을 없애거나 잊어버린다.

이에 반해 영국 청년은 여자를 사랑할 때 경계심과 거만함이 두 배가 되는데 이것은 바로 애정이 너무 두터워졌을 때이다. "지난 7개월 동안 나는 그녀에게 여행가자는 이야기를 한 번도 않았습니다."

라고 말하는 남자를 보았는데, 사실은 비용이 없는 것뿐이다.

영국 청년은 아무리 열렬하게 사랑하더라도 경계심을 잃지 않는다. 그러니 이 남자가 애인에게 "주머니 사정이 좋지 못해서 여행은 그만둘까 합니다." 라고 말할 리가 있겠는가.

---

* 캐슨(Hugh Casson) : 1910~ / 영국 건축가.

프랑스인의 연애

> 프랑스인들에게 결점이 있다면
> 그것은 그들이 너무 '심각하다'는 것이다.
> _ L. 스턴*

1

프랑스 남자는 허영심과 육체적 욕망을 지닌 매너 좋은 남자들로 그때그때 사랑하는 여자에게 무엇이나 다 이야기한다. 그것이 곧 프랑스 남자의 친근한 감정이다. 이러한 친근함이 여자의 호의를 얻을 수 있다는 것을 프랑스 남자들은 잘 알고 있다.

프랑스 여자들은 매너 좋은 프랑스 남자에게 길들여져 있기 때문에 에스파냐, 이탈리아 여성보다 정열적이지 못하다. 이로 인해 남자들에게 경외(敬畏)의 대상도, 진정한 사랑도, 권력도 없다.

여자는 남자의 마음을 얼마나 애절하게 하느냐에 따라 남녀 사이의 권력을 갖는다. 허영심 많은 남자에게 여자가 필요하지만 반드시 있어야 하는 존재는 아니다. 남자가 연애에서 성공이라고 여기는 것은 여자를 정복하는 것이지, 보유하는 것이 아니기 때문이다.

또한 이런 남자에게는 육체적 욕망을 언제라도 풀어 줄 창녀가 있다. 프랑스의 창녀가 매력적이고 에스파냐 창녀는 그렇지 못한 것은 그 이유이다. 프랑스에서 창녀는 많은 남자에게 양가집 부인과 똑같은 정도의 행복, 즉 사랑 없는 섹스를 줄 수 있다.

프랑스 남자들에게는 애인보다 중요한 것이 하나 있는데, 그것은 바로 허영심이다. 예를 들어 파리의 청년은 애인을 자신의 허영심을 만족시켜 주는 노예로밖에 생각하지 않는다. 만일 애인이 자신의 열정을 만족시켜 주지 못하면 그녀를 버린다. 그리고 나서 자신이 그녀를 얼마나 멋지고 깨끗하게 버렸는가를 친구들에게 자랑하며 만족해한다.

자기의 나라를 잘 알고 있는 어느 프랑스 사람은 "프랑스에는 위대한 정열이 위대한 인물만큼 드물다."라고 말했다. 그래서 베니스나 볼로냐에서는 얼마든지 있을 수 있는 일인, 남자가 여자에게 버림받고 절망해서 슬퍼한다는 소문은 프랑스 남자에게는 있을 수 없는 일이다.

만약 파리에서 사랑을 하고 싶다면, 교육받지 못하고 허영심 없고 살기 위해 필사적으로 노력하는 계층에서 찾아야 한다. 자신의 욕구를 충족하지 못하는 것을 다른 사람에게 보이는 것은 본인이 열등하다는 것을 인정하는 것과 같기 때문에, 프랑스에서는 최하층 사람들밖에는 할 수 없다. 그런 일을 할 경우에는 온갖 심술궂은 입방아에 몸을 내맡기는 꼴이 되기 때문이다. 그래서 자기 마음을 경계하는 청년은 창녀를 예찬하게 되는 것이다.

2

중세에 항상 존재하던 위험이 그 시대를 사는 사람들의 마음을 강하게 만들었다. 16세기 사람들이 그토록 우수할 수 있었던 제2의 원인이기도 했다. 지금도 자주 위험이 그 맹위를 떨치는 나라라면 위대한 인물을 낳을 수 있다. 파리에는 그 위험의 원동력이 없는 것은 아닌지 걱정스러울 뿐이다.

몽미라유나 불로뉴의 숲에서 싸움 할 때는 그처럼 용감하던 프랑스 청년들이 사랑하는 걸 두려워한다. 성인이 되어서도 섹시하다고 생각하는 아가씨를 피하는 것은 소심하기 때문이다.

그들은 소설을 읽으면서 남자가 연애를 할 때 어떤 행동을 하는 지 생각만 해도 소름이 끼친다. 이렇듯 냉담한 남자는 정열의 폭풍이 바다의 거친 파도를 만들고, 배의 돛대를 팽창시켜 거친 파도를 헤치고 갈 수 있는 힘을 준다는 사실을 모른다.

사랑은 감미로운 꽃이지만 무서운 낭떠러지 끝에서 그 꽃을 따는 용기가 필요하다. 사랑을 할 경우 많은 사람들에게 이상한 눈초리를 받을 뿐만 아니라 쉴 새 없이 여자들에게 버림받을 수도 있다. 이러한 절망의 가능성이 따라다니고 인생에 공허함이 남는다 해도 사랑은 아름다운 것이다.

하지만 19세기 문명의 완성은 섬세한 쾌락에 좀 더 위험의 존재를 결부시킨 결과이다. 우리는 위험에 자주 몸을 드러냄으로써 사생활의 기쁨을 무한히 증대시킬 수 있다. 그러나 파리의 교육시설은 유능한 교사가 완벽한 방법으로 최신 과학에 입각해서 가르치고, 넥타이를 매고 불로뉴의 숲에서 우아하게 결투하는 것 밖에는 모르는 속물을 배출하는 데 놀라울 뿐이다.

외국 군대가 조국의 땅을 짓밟았을 때 프랑스에서는 도로가 만들어졌으나, 에스파냐에서는 게릴라가 조직되었다. 내가 만일 내 자식을 혼자 힘으로 성공하는 사람, 자신의 재능으로 세상을 헤쳐 나가는 정력적이며 빈틈없는 사람으로 만들고자 한다면 로마에서 교육을 받게 할 것이다.

3

프랑스를 좀 더 비판해 보자. 이 글에서 프랑스가 차지하는 비중은 매우 중요하다. 왜냐하면 파리는 대화와 문학의 우수성이 있는 도시이다. 그러므로 현재에도 미래에도 유럽 상류사회의 사교적인 집회 중심부에 있을 것이다. 위대한 정열이란 점에서 본다면 프랑스는 독창성이 없다. 그 원인은 다음 두 가지 때문이다.

첫째, 진정한 명예심이다. 즉, 바야르 장군처럼 무훈을 세우려는 욕망이다. 그러나 이것도 사교계에서 존경 받고 매일 허영심의 만족을 얻기 위한 방법이다.

둘째, 어리석은 명예심이다. 즉, 파리 상류사회의 세련된 신사처럼 되고자 하는 욕망이다. 상류사회의 사교적인 집회에 참석하는 법, 연애를 방해하는 사람에게 냉정하게 대하는 법, 연인과 이별하는 법 등을 배우고자 하는 것이다.

어리석은 명예심은 허영심을 채우기 위해서라면 진정한 명예심보다 훨씬 도움이 된다. 어리석은 명예심 자체가 바보 같은 자들에게는 이해가 쉽고, 매일 매일의 행동만이 아니라 그 순간순간의 행동까지 적용할 수 있기 때문이다. 진정한 명예심은 없어도 어리석은 명예심만 있다면 사교계에서 환대를 받는다. 그러나 그 반대의 경우는 불가능하다.

상류사회의 세련된 태도란 어떤 것인가?

첫째, 제아무리 중대한 문제라도 풍자적으로 다룬다. 과거의 진정한 상류사회 사람들은 어떤 일에도 깊이 감동되는 법이 없었으므로 풍자적인 태도를 취한다. 또한 프랑스 사람이라면 남에게 감탄하는 모습을 보이지 않는다. 감탄하는 모습을 보이는 것은 자신이 열등하다는 것을 드러내는 것이기 때문이다.

반대로 독일이나 이탈리아, 에스파냐에서는 감탄이 선의와 행복으로 넘치는 행위이다. 감탄하는 사람은 그런 자신을 자랑스럽게 생각할 뿐만 아니라 그런 사람을 나쁘게 말하는 사람을 가엾게 여긴다. 또한 나쁘게 말하는 사람도 감탄하는 사람을 절대 비웃지는 않는다.

왜냐하면 그런 나라에서는 어리석은 일을 해도 단지 행복에서 벗어난 것일 뿐이지, 어떤 생활 태도를 모방하는 것은 아니기 때문이다. 이들 나라에서는 불신과 생생한 쾌락이 방해받지 않을까 하는 불안감이 화려함을 선천적으로 예찬하게 만든다. 마드리드나 나폴리의 궁정을 보라. 카디스의 축제를 보라. 이것이야말로 열광의 도가니다.

둘째, 프랑스 남자들은 혼자 있으면 자신이 매우 불행하고 형편없는 남자라고 생각한다. 그런데 고독이 없는 연애란 도대체 무엇이란 말인가.

셋째, 정열에 사로잡힌 사람은 자신의 일밖에 생각하지 않고, 존경받고 싶은 사람은 타인의 일밖에 생각하지 않는다.

더구나 1789년 이전의 프랑스에서는 개인의 안전이란 어느 집단, 예를 들면 사법관 집단의 일원이 되어서 다른 구성원에게 보호를 받을 수밖에 없었다. 그렇기 때문에 주변 사람의 생각이 자신의 행복과 밀접하게 연결되었다. 이것은 파리 시내보다 궁정에서 더욱 심했다. 물론 이런 관습은 날마다 힘을 잃어 가고 있지만 아직도 1세기 동안은 프랑스 사람을 지배할 것이다.

 정열에 사로잡힌 사람은 다른 사람과는 달라 개성이 강해서 빛난다. 하지만 이러한 개성이 프랑스에서는 비웃음의 원천이 된다. 더구나 그들은 다른 사람들의 감정까지 상하게 하므로 비웃음에 박차를 가하게 한다.

---

* 스턴(Lawrence Stern) : 1713~1768 / 영국 소설가.

이탈리아인의 연애

> 이탈리아 사람은 행동하기 전에, 독일 사람은 행동할 때,
> 프랑스 사람은 행동한 뒤에 지혜롭다.
> _ 서양 속담*

이탈리아인들은 순간의 영감을 따름으로써 행복을 느끼는 사람들이다. 이런 점은 독일이나 영국 사람들도 마찬가지다. 더구나 이탈리아는 중세 공화 도시의 미덕이었던 실용주의가 군주에게 유리하도록 마련된 명예심에 왕좌를 빼앗기지 않은 나라이다. 그러므로 진정한 명예심이 어리석은 명예심보다 앞선다.

어리석은 명예심은 늘 스스로에게 묻는다. "다른 사람은 내 행복을 어떻게 생각할까?" 하지만 감정상의 행복은 밖으로 드러나지 않기 때문에 허영심의 대상이 될 수 없다.

이탈리아에서 연애를 한다는 것은, 파리에서처럼 매주 50분 애인을 만나고 사람들의 눈을 피해 남몰래 눈길을 주고받거나 손을 잡는 것이 아니다. 이탈리아 남자가 연애를 시작하면 매일 4시간에서 5시

간 정도 사랑하는 여자와 함께 지낸다. 연인과 함께 지내면서 소송에 관한 이야기, 자기 집의 정원 이야기, 사냥 갔던 이야기, 승진했던 이야기 등을 들려준다.

이탈리아는 푸른 하늘과 경치가 아름다워 연인들이 온갖 아름다움을 민감하게 느낄 뿐만 아니라 연인에 대한 외로움이 친밀감을 더해 준다. 또한 그들은 순간적인 감동에 쉽게 매료되고, 음악에 대한 정열이 있다.

1770년경 프랑스에서는 연인을 의심하고 불안해하는 마음은 없었으나 남의 시선에 신경 쓰는 일은 가장 중요하게 생각했다. 룩셈부르크의 공작부인은 남자 친구가 100명 정도 있었지만 진정한 의미의 연애관계는 없었다.

그러나 이탈리아인들은 누구나 정열적이어서 연애하는 것이 조금도 이상하지 않다. 사교적인 모임에는 공공연하게 사랑에 관한 토론을 벌이고, 연애 증상이나 주기에 대해서 누구나 잘 알고 있기 때문에 사람들은 흥미롭게 관심을 나타낸다. 애인에게 버림받은 남자를 보고 사람들은 말한다.

"반년은 괴로워해야 할 걸세. 하지만 나중엔 누구누구처럼 회복될 거야."

이탈리아에서는 세상의 평판은 정열의 충실한 하인일 뿐이다. 이 나라에서는 지금 당장 느끼는 행복이 가장 중요하다. 그 이유는 간단하다. 사람들은 허영심이나 권력자에게 아첨하는 일 따위에는 관심 없다. 그들에게는 사교계가 아무런 의미가 없다. 물론 정열에 사로잡힌 남자를 좋지 않게 말하는 사람도 있지만, 보통은 그렇게 말하는 사람을 바보로 취급한다.

알프스 남쪽에서는 사교계가 감옥없는 전제군주에 불과한 것이기 때문이다. 그러나 파리에서는 다른 사람들의 문제에 관심을 보이면 결투를 하거나 말다툼을 해야 하므로 풍자의 그늘 속에 숨는 것이다.

그런데 대부분의 청년들은 이와 다른 길을 선택했다. 즉, 장 자크 루소와 스타엘 부인과 같은 길을 선택한 것이다. 풍자는 이미 진부한 방법이 되었고 이제는 감수성을 가져야 할 때다. 드 프제(1741~1797, 풍자시 작가)도 현재라면 다를링쿠르(1786~1865, 감상적 문장이 특징인 소설가) 씨처럼 과장된 문장을 썼을 것이다.

그리고 1789년 프랑스 대혁명 사건 이후 사람들은 실리, 즉 개인의 감정보다 명예를 귀중하게 생각했다. 모든 것을 심지어 농담까지도 논쟁하고 토론하는 것을 가르쳤다. 그러므로 국민은 더욱 진지해졌을 뿐만 아니라 낭만적인 연애는 설 곳을 잃었다.

나는 프랑스인들에게 말한다. 한 나라가 부(富)를 이루는 것은 소수의 거부가 가진 재산이 아니라 다수의 중산층 계급이 가진 재산의 축척이라고. 어느 나라든지 정열적 연애는 드물지만 프랑스에서는 유희적인 연애에 한층 더 공을 들였다. 따라서 이런 유희적인 연애에서 더 행복을 느낀다.

1822년에는 프랑스에 무어(아일랜드 시인), 월터 스콧도, 크라브(영국 시인), 바이런, 몽티(이탈리아의 낭만파 시인), 펠리코(이탈리아 낭만파 시인) 등도 없었다. 그렇지만 프랑스는 문화적인 시대에 부응하는 지적 수준을 갖춘 지식인은 영국이나 이탈리아보다 많았다. 이것이 1822년 프랑스 하원의 논쟁이 영국 의회의 논쟁보다 뛰어난 이유이다. 영국 자유주의자들의 의견이 시대에 뒤떨어진 중세적인 사고방식이라고 느껴지는 이유도 그 때문이다.

어느 로마의 예술가가 파리에서 이런 편지를 썼다.

"이곳이 정말 마음에 안 든다. 아마도 내 뜻대로 사랑할 수 있는 분위기가 아니기 때문일 것이다. 이곳에서는 감수성이 생겨나는 족족 사라지고 만다. 적어도 나의 눈에는 감수성의 원천까지 퍼내어져 마르는 것 같다. 로마에서는 매일매일 사건에 신경 쓰지 않아도 되고, 사람들도 남의 일에 무신경하기 때문에 나의 감수성은 축적되어 정열을 도왔다."

---

* 속담 : 예로부터 민간에게 전해 내려오는 쉬운 격언이나 잠언.

로마인의 연애

> 로마인들과 그리스인들은 모든 사물을 인간적인 것으로 보았다.
> 모든 사물이 사람의 얼굴과 목소리를 가지고 있다고 본 것이다.
> _ D.H. 로렌스*

 이탈리아에서만 볼 수 있는 광경 두 가지를 들어보자.

첫 번째, 이른 아침 로마에 사는 부유한 집안의 점잖은 부인이, 어느 날 잘 알고 지내는 여자에게 말했다.

"이봐요, 파비오 비텔레스키와는 연애해서는 안 돼요. 차라리 노상강도와 연애하는 것이 낫지. 겉으로는 다정하고 얌전한 듯하지만, 당신의 심장에다 단도를 찌르고 가슴 깊이 쑤셔 넣으면서 다정하게 웃으며 '아파?' 하고 말할 인간이에요."

그것도 상대방 부인의 딸인 열다섯 살짜리 앞에서 말이다. 이러한 태도는 고상함이나 천박함의 호기심이 존재하지 않으며, 위대한 자연스러움만이 소박하게 전개될 뿐이다.

남방 사람의 이런 자연스럽고 친밀한 태도에 감정 상하지 않는 북방 사람이라면, 1년 이상 이 나라에서 머문 뒤에는 다른 나라의 모든 여자들에게 혐오감을 느낄 것이다. 북방 사람들은 프랑스 여자의 섬세하고 예민한 성격을 보고 처음에는 사랑할 만한 여자라고 생각하지만, 시간이 좀 지나면 모든 정이 떨어진다. 그런 매력은 미리 연구해서 암기한 것에 지나므로, 어떤 경우든 어떤 사람에게든 똑같은 모습만 보여줄 뿐이기 때문이다.

외국인이 로마에서 알아야 할 것이 있다. 모든 것이 자연스러운 나라에서는 지루함은 없지만, 이곳의 악(惡)은 다른 곳의 악보다 훨씬 악(惡)하다.

예를 들어 남자에게 한정해서 말한다면, 이곳의 사교계 남자는 사람들 앞에 나서지도 못하는 해괴한 남자가 있다. 이런 남자는 정열적이며 총명하지만 용기가 없다.

이런 남자가 운명의 장난으로 어느 유명한 부인과 가까워진다면 그는 그 부인에게 열렬히 반할 것이다. 그러나 만약 그녀가 다른 남자를 선택한다면 그는 불행에 빠져 연적의 행복을 방해한다. 자신의 체면 따위는 신경 쓰지 않고 연적과 자신을 괴롭히는 일에만 몰두한다. 그러나 그 누구도 그를 비난하지 않는다. '자기가 좋아하는 일을 하고 있을 뿐'이기 때문이다.

하지만 여자는 참다못해 어느 날 밤, 그 남자의 엉덩이를 발길로 걷어찬다. 그런데 그 다음 날 발길로 차인 남자는 여자에게 사죄하고, 여전히 태연하게 여자와 연적 그리고 자신을 학대한다. 이 남자가 매일매일 참아내야 할 수많은 불행을 생각한다면 소름끼치지만, 이 남자가 살인자가 되지 않는 건 단지 용기가 부족하기 때문이다.

두 번째로, 백만장자의 아들이 겨우 하루 벌어 하루 사는 가난한 사람들이 보는 앞에서 대극장의 댄서와 호사스러운 살림을 차리는 것도 이탈리아가 아니면 볼 수 없는 광경이다.

이 친구는 늘 사냥을 하거나 승마를 즐기던 아름다운 한 청년이었는데, 어느 외국인을 질투하고 있었다. 그는 그 외국 남자를 직접 만나서 속을 털어놓지 못했다. 그 대신 그 외국인에게 불리한 소문을 퍼뜨렸다.

프랑스라면 이 청년은 사람들의 극성에 떠밀려 자신이 퍼트린 소문이 진실이란 걸 증명하든지, 그 외국인과 결투를 하든지, 둘 중 하나를 택해야 했을 것이다. 그러나 이탈리아에서는 여론도 경멸도 아무런 의미가 없다.

그러나 돈은 언제 어느 곳에서나 확실히 환영을 받는다. 파리에서 명예를 잃고 도처에서 내쫓기는 백만장자라도 안심하고 로마로 가도 좋다. 로마는 재력에 따라서 그에 상응하는 존경을 받을 수 있다.

---

* 로렌스(David Herbert Lawrence) : 1885~1930 / 영국 작가, 시인.

스페인의 연애

> 스페인인들은 실제보다 더 현명하고,
> 프랑스인들은 겉보기보다 더 현명하다.
> _ 베이컨*

안달루시아는 이 세상에서 가장 안락하고 아름다운 곳 중 하나다. 나는 그동안 사랑을 만들어 내는 여러 가지의 광기에 대해 늘 이야기해 왔다. 나의 그런 지론이 이곳 에스파냐에서는 얼마나 잘 들어맞는지를 보여 주는 일화를 알고 있다.

프랑스 사람다운 의식으로 그런 일화는 쓰지 않는 것이 좋다고 충고하는 사람도 있다. 물론 나는 프랑스어로 쓰고는 있지만, 절대 프랑스 문학으로서 쓰고 있는 것은 아니라고 항변했으니 헛일이었다. 다행히 나는 오늘날 호평을 받고 있는 문학가들과는 아무런 공통점도 없다.

무어인은 안달루시아를 포기했지만, 그들의 건축 양식과 풍습을 남기고 떠났다. 이 풍습에 대해서 세비녜 부인과 같은 문체로 쓰는 것은 불가능하므로 그들의 건축에 대해서만 쓰겠다.

그 주요한 특징은 어느 집에나 우아한 아치에 둘러싸인 조그마한 정원이 있다는 것이다. 견디기 힘든 여름 무더위에도 이 아치 밑에는 기분 좋은 그늘이 있고, 조그마한 정원 중앙에서는 언제나 분수가 물을 뿜는다. 그 단순하고 안락한 음향만이 이 감미로운 은신처의 정적을 깨뜨리고 있다. 대리석으로 만든 샘물 주위에는 오렌지나무가 둘러싸고 있다. 두꺼운 천이 텐트 모양으로 마당 전체를 덮어 일광이나 반사를 막고, 낮에는 산에서 불어오는 미풍만이 통하도록 되어 있다.

그곳에서 아름다운 안달루시아 여자가 활발한 모습으로 손님을 맞는다. 검은 실크에 검은 드레스 사이로 살짝 보이는 아름다운 발목과 흰 얼굴, 애정이 가득 찬 정열적인 눈. 이것이 바로 천사와 같은 존재의 모습이다.

나는 스페인 국민을 중세기를 대표할 수 있는 살아 있는 표본이라고 생각한다. 그들은 쓸데없는 수많은 진리는 모른다. 이웃나라 사람들은 쓸데없는 진리를 알고 있다는 것에 대해 유치한 허영심이 있다. 그러나 스페인 국민은 위대한 진리는 잘 알고 있어서 그 진리를 끝까지 추구할 수 있는 힘과 지성을 충분히 가지고 있다.

스페인 사람의 성격은 프랑스 사람과는 정반대이다. 프랑스 사람은 냉정하고 무례하며 우아하지 못하고 자존심만 세서 다른 사람에게는 관심이 없다. 이것은 정녕 15세기와 18세기의 대조가 아닌가.

나폴레옹에게 유일하게 저항할 수 있었던 스페인의 국민들은 어리석은 명예심이나 그에 따르는 우둔함에 조금도 물들지 않았다. 훌륭한 군법을 만들거나, 반년마다 군복을 바꾸거나, 커다란 박차를 달거나 하지는 않았지만 이 국민에게는 그 대신 '그것이 어떻다는 말이냐' 라는 장군이 있었다.

---

* 베이컨(Francis Bacon) : 1561~1626 / 영국 정치가, 수필가, 철학자.

독일인의 연애

> 독일인들은 전쟁이든 섹스든 학문이든 과학이든,
> 남들보다 더 깊이 뛰어들어 더 많이 진흙을 뒤집어쓰고 나온다.
> _ 헉슬리*

이탈리아인은 증오와 사랑 사이의 정열에 살고, 프랑스인은 허영심에 산다면, 독일인은 상상력에 산다. 고대 게르만 민족의 선량하고 소박한 자손인 독일인은 생활에서 벗어나면 철학에 뛰어든다. 이것은 악의 없는 일종의 광기이다.

황제의 주치의였던 한 사람은 독일인의 사랑을 다음과 같이 묘사했다.

"오스트리아 여자처럼 친절하고 다정한 여자는 없다. 그녀들에게는 사랑이 하나의 신앙이다. 프랑스 사람에게 사랑을 품으면, 정말 문자 그대로 열렬히 사랑한다. 물론 마음이 잘 변하고 변덕스러운 여자는 어디에나 있다. 그러나 빈의 여자는 일반적으로 정숙하고 조금도 요염한 데가 없다. 정숙하다는 것은 자기가 택한 애인에게 그렇다는 말이다. 남편이라는 것은 빈에서고 다른 곳에서고, 거의 비슷한 것이다."

빈에서 제일가는 미인이 황제 사령부 소속의 내 친구 M대령의 사랑을 받아들였다. 그는 온순하고 머리가 좋은 남자였지만, 확실히 용모나 풍채가 뛰어나지는 못했다. 그런데 그 여자를 두고 용감한 참모 장교들이 서로 경쟁을 시작했다. 그들은 그녀의 마음을 얻고자 갖은 전술을 다 동원했다. 그녀의 집은 미남 장교와 돈 많은 장교들로 포위되었다. 그들이 그녀의 집 창문 밑에서 시간을 보내고, 그녀의 하녀에게 돈까지 뿌렸지만 모두 보기 좋게 내쫓겼다. 파리나 밀라노에서는 이런 지독한 여자를 본 적이 없었다. 내가 이 매력적인 여자 앞에서 그들을 비웃자, 그녀는 말했다.

"그분들은 제가 M대령을 사랑한다는 것을 모르는 걸까요?"

내가 센부른에 있었을 무렵, 황제 전속 부대의 두 청년이 빈의 숙소에 아무도 초대하지 않는다는 걸 알았다. 우리는 그 두 청년의 태도를 조롱했다. 그 중 한 청년이 내게 말했다.

"당신이니까 하는 말입니다. 사실은 이 마을 아가씨와 가까이 지내고 있어요. 그런데 그 여자는 내 방에서 한 발자국도 나가지 않고 있고, 나는 그 여자의 허락 없이는 아무도 초대하지 않겠다는 약속을 했답니다."

나는 이처럼 자진해서 들어앉은 여자에게 호기심이 생겼다. 얼마 후 그 궁금증이 풀렸다. 동양에서는 흔히 상대 남자를 알려면 이야기를 나눠 봐야 알 수 있다는 구실로 그 집에 초대한다. 나는 그 청년과 함께 초대받고 그녀의 집에 가보니 그 여자는 남자에게 반해서 그 남자 집에 틀어박혀 집안일을 돌보고 있었다. 그녀는 산책하기 좋은 계절인데도 전혀 외출하지 않고, 남자가 프랑스로 데려가 줄 것이라고 철석같이 믿고 있었다.

또 다른 한 청년 역시 마을의 자기 숙소에서는 절대로 사람을 만나지 않았는데, 나중에 내게 똑같은 사실을 고백했다. 나는 그의 애인도 만나 보았지만 앞의 여자처럼 금발에 대단히 아름답고 날씬한 여자였다.

이 두 여자 중 18세의 아가씨는 유복한 가구상의 딸이었고, 다른 한 여자는 24세쯤 된 오스트리아 장교의 아내였다. 이 유부녀는 프랑스와 같은 허영심의 나라에서라면 대단한 용기로 비쳐질 정도로 남자를 열렬히 사랑하고 있었다. 남자는 그녀에게 충실하지 않았지만, 그녀는 완벽한 헌신으로 그의 시중을 들었다. 그 남자가 병이 들자 그녀는 더욱 떨어지기 힘든 것 같았다. 얼마 뒤 그의 병세는 더 심각해졌다. 아마도 그녀는 그 때문에 더욱 그를 사랑했으리라 생각한다.

이곳에서 나는 상류사회의 연애를 관찰할 수가 없었다. 그것은 내가 외국인이자 전쟁에서 승리한 군인이었기 때문이다. 우리가 도착했을 때에는 빈의 상류 계급은 모두 헝가리 영토로 도망갔다. 그러나 내가 본 사실만으로도 그들의 연애가 파리의 연애와는 다르다는 것을 확신할 수 있었다.

독일인에게 사랑은 일종의 미덕이며, 신성의 발로이며, 신비한 그 무엇이다. 그것은 이탈리아 여자들의 마음처럼 격렬하지도 질투가 많지도 않다. 그냥 사랑이 너무 깊어서 천상의 사랑처럼 느껴진다. 이런 점에서 본다면 영국 여자의 사랑과는 하늘과 땅 차이다.

몇 년 전 라이프치히의 한 재단사가 질투에 사로잡혀 연적을 공원에서 찔러 죽인 일이 있었다. 그는 참수형을 받았다. 독일인다운 선량함과 쉽게 감격하는 마음을 지닌 모럴리스트들이 판결을 검토해 보더니, 너무 가혹하다면서 재단사를 동정했다. 그러나 판결을 뒤집을 수는 없었다. 하지만 사형 집행일에 라이프치히의 모든 처녀들은 흰옷을 입고 모여들어 길에 꽃을 뿌리면서 재단사를 단두대까지 배웅했다.

독일인은 명상으로 마음이 진정되기는커녕 오히려 흥분된다. 이러한 점이 다른 나라 사람들과 다른 점일 뿐 아니라 그들은 확고한 성격을 갖기를 몹시 바란다.

일반적으로 연애가 잘 성사되는 궁정 생활도 독일에서는 오히려 시들하다. 참모 본부와 함께 독일 마을에 우리가 들어가면, 두 주일

안에 그곳 여자들을 상대로 택하게 마련인데, 한 번의 선택은 끝까지 요지부동이다.

내가 괴팅겐, 드레스덴, 쾨니히스베르크 등지에서 만난 독일 청년들은 철학적인 사상 체계로 교육받은 사람들이었다. 이 철학적 체계의 의미는 확실히 알 수 없는 시에 불과했지만, 도덕적 견지에서 본다면 최고로 신성한 숭고함이었다.

그들은 이탈리아인처럼 중세 시대로부터 공화주의, 불신, 결투 따위를 계승하지 않고, 열정과 성실을 계승했다. 그렇기 때문에 그들은 10년마다 새로운 위인을 탄생시켰다. 예를 들면 칸트, 셸링, 피히테 등과 같은 인물이다.

루터는 강력하게 도의심에 호소했다. 그리고 독일인은 자기 양심에 따르려고 30년 동안 싸웠다. 그 신앙이 설사 어리석은 것이라 해도 존경스럽고 아름다운 이야기다.

'살인하지 말라'는 신의 계율과 조국을 위해 행한 암살 사이에서 갈등하고 고민하는 잔트(조국 독일을 배반하고 러시아의 첩자 노릇을 했던 극작가를 암살했음)를 보라. 독일을 여행해 본 사람이라면 이 국민들에게 열렬하고 과격하다기보다는 온화하고 다정한 성품이 있다는 것을 깨닫게 될 것이다.

* 헉슬리(Aldous L. Huxley) : 1894~1963 / 영국 소설가, 수필가, 풍자시인.

아라비아인의 연애

아라비아인(아랍인)은 고유언어 아랍어를 쓰고,
이슬람교를 믿는 셈족* 민족이다.

　　　　　　진정한 사랑의 전형(典型)이자 고향을 찾으려면 아라비아 베드윈족의 검은 천막 안으로 가야 한다. 이곳의 고독과 아름다운 기후는 인간의 마음 중 가장 고귀한 정열을 태어나게 했다. 정열이란 자기가 느끼는 만큼 상대도 느껴야 행복해 지는 것이다.

사랑이 인간의 마음속에 있는 모든 것을 표현하게 하려면 연인이 평등해야 한다. 그러나 서구에서는 이 평등이 존재하지 않는다. 버림받은 여자는 불행하고, 버림받은 남자는 명예를 잃는다. 아라비아의 천막 안에서는 한 번 맹세한 것은 깨뜨릴 수 없다. 만약 맹세를 어길 경우에는 경멸과 죽음이 뒤따르기 때문이다.

이 민족은 관대함을 숭상한다. 다른 사람에게 물건을 주기 위해서 훔쳐도 상관없다. 더구나 매일 위험의 연속이므로 정열적인 고독 속에서 삶을 살아간다. 또한 아라비아 사람은 여러 명이 모여 있어도 떠들지 않는다.

이 사막의 주민들에게는 모든 것이 영원히 움직이지 않고 지속되기 때문에 변화란 없다. 그들의 독특한 풍습은 유감이지만 그들의 풍습을 잘 모르는 나로서는 빈약하게 상상의 그림을 그릴 수밖에 없다. 아마도 그들은 호메로스 시대부터 존재해 온 것으로 추측한다. 처음 문자로 씌어 진 것은 서기 600년경, 샤를마뉴 2세기 전이다.

서구인이 십자군을 동원해 그들을 괴롭힐 무렵, 그들의 눈에는 우리가 야만인이었다. 그러므로 우리 풍습 가운데 고상한 면은 모두 십자군과 스페인의 무어인 덕분이라 할 수 있다.

일부에서는 우리가 아라비아인과 비교하는 것을 비웃는 사람도 있다. 물론 우리의 예술과 법률 등은 그들보다 뛰어나다. 그러나 가정의 행복을 얻는 기술적인 면에서도 뛰어난지는 의심스럽다. 우리는 가정에 충실하지도 진실하지도 못하다. 가족 간에 속이는 사람은 가장 불행한 사람일 뿐만 아니라 그런 사람은 늘 무슨 일이든지 부정하기 때문에 안심이란 없다.

가장 오래된 역사 유물로 기원을 더듬어 보면, 아라비아인은 태곳적부터 다수의 독립된 부족으로 나뉘어 사막을 떠돌았다. 이 부족들은 생활 정도에 따라 저마다 우아한 풍습을 가지고 있었다. 그들은 기본적으로 관대한 민족이었기 때문에 가족이 살아가는 데 꼭 필요한 산양 새끼를 4분의 1 선물로 주기도 했다.

아라비아의 영웅시대는 이 관대한 영혼이 지식이나 세련된 감정에 더럽혀지지 않고 빛났던 시대로, 마호메트 바로 전 시대였다. 우리의 기원으로 말하자면 5세기경 베네치아가 탄생하고 클로비스가 다스리던 때에 해당한다.

나는 자존심에 호소한다. 아라비아인이 남긴 사랑의 노래와 《천일야화》에 묘사된 고상한 풍습을, 클로비스 시대의 역사가인 그레고아르 드 투르, 그리고 샤를마뉴 시대의 역사가인 에지나르가 각 페이지를 피로 물들이고 있는 혐오스러운 공포와 비교해 주기를 간절히 바란다.

마호메트는 도덕적으로 지나치게 엄격한 사람이었다. 그는 누구에게도 해가 되지 않는 쾌락마저도 금했다. 그리고 이슬람교를 받아들인 모든 나라에서 연애를 말살해 버렸다. 그의 교의가 이슬람교의 요람인 아라비아에서 다른 이슬람교국만큼 퍼지지 않았던 것도 이 때문이다.

아라비아인은 어느 시대에나, 특히 마호메트 이전에는 카바(이슬람교 신전), 즉 아브라함의 집을 순례하기 위해 메카로 갔다. 나는 런던에서 이 성지의 매우 세밀한 모형을 본 적이 있다. 700~800채의 집이 모여 있는 마을이 햇볕에 타는 듯한 사막 한가운데에 우뚝 서 있었다.

마을 한 모퉁이에 거의 정방형의 거대한 건물이 있는데, 이 건물이 카바를 둘러싸고 있었다. 건물은 긴 아케이드로 되어 있어서 아라비아의 태양 아래서 순례하기에 알맞다. 이 건물은 아라비아 풍속에 매우 중요한 역할을 했다. 수세기에 걸쳐 남녀가 만날 수 있는 유일한 장소였다.

이곳 사람들은 여러 사람들 사이에 끼어 천천히 걸으며 성가의 합창에 맞추어 카바를 순례했다. 한 바퀴 도는 데 45분 정도 걸렸다. 그리고 이것이 하루에도 몇 번씩 되풀이 되었다. 이것이야말로 사막의 사방에서 남녀를 불러 모으는 제전이었다. 그리고 이곳에서 아라비아의 풍습이 세련되게 발전했다.

그러다가 연애를 하게 된 남자와 여자의 부모 사이에 싸움이 일어나기도 했다. 아라비아 청년은 아버지나 형제의 엄격한 감시를 받고 있는 젊은 아가씨와 나란히 성스러운 순례를 하면서 갖가지 연가를 지어 자신의 정열을 전했다.

이 민족의 관대하고 감상적인 풍습은 이미 그들의 생활 안에 존재하고 있었다. 그러나 아라비아식의 취미적인 연애는 카바 주위에서 처음 생겨난 것이라고 생각한다. 카바는 그들 문학의 발생지이기도 했다. 처음에 그들의 문학은 시인이 느낀 대로의 정열을 단순하고도 강하게 표현한 것이었다. 그러나 점차 시인은 연인의 마음을 움직이는 것보다는 아름다운 말을 늘어놓는 데 정신이 팔렸다. 이렇게 해서 가식이 생긴 것이다. 그리고 이것을 무어인이 스페인에 가져간 것인데, 이 가식이 오늘날 이 민족의 문학에 오점을 남기고 있다.

나는 그들이 어떻게 이혼하는지 보고 나서, 아라비아인이 약한 여자를 얼마나 배려해 주는지를 알고 감동했다. 남편과 헤어지고 싶은 아내는, 남편 없는 틈을 타서 천막을 걷고 입구가 반대쪽이 되도록 다시 고쳐서 친다. 이 간단한 의식이 두 사람을 영원히 헤어지게 하는 것이다.

---

*셈족 : 유럽 3대 인종(셈족, 함족, 아리안족)으로, 기독교 성경에 나오는 노아의 맏아들인 셈의 자손이라 전한다.

부록

12세기 사랑의 법전
연애에 대한 100가지 상식
연애 관련 명언

12세기 사랑의 법전

1150년부터 1200년까지 프랑스에는 〈사랑의 법정〉이 있었다. 사랑의 법정에 모인 귀부인들은 '결혼한 사람도 연애를 할 수 있는가?'와 같은 문제에 대해 판결을 내렸으며 모든 연인이 제소하는 개인적인 사건을 심의했다.

주관적인 판단으로 이 판결의 도덕적 권위는 루이 14세가 명예 문제를 위해 설치한 프랑스 육군 최고재판소의 권위와 비슷한 것이었다. 단 이 제도가 여론의 지지를 얻고 있었다는 가정 하에 말이다.

사랑의 법정에서 내린 판결에는 대부분 사랑의 법조문에 입각한 전문이 첨가되어 있었다. 판결문의 형식은 당시 사법재판소의 예를 따랐다. 이 사랑의 법전 전문은 왕궁 소속 사제 앙드레의 저서에 나와 있으며, 다음과 같은 31조로 되어 있다.

제1조　기혼자라는 사실은 연애를 거절하는 정당한 구실이 될 수 없다.

제2조　비밀을 지킬 줄 모르는 사람은 연애도 할 줄 모른다.

제3조　동시에 두 사람을 사랑할 수 없다.

제4조　사랑의 감정이란 한결같지 않고 커지거나 작아질 수 있다.

제5조　폭력으로 연적에게서 연인을 빼앗아 지속하는 연애에는 묘미가 없다.

제6조　남자는 완전히 성숙해야만 진정한 연애를 할 수 있다.

제7조　연인 중 한쪽이 죽었을 때는 2년간 독신으로 지내는 것을 원칙으로 한다.

제8조　충분한 이유가 없다면 그 누구도 연애할 권리를 빼앗겨서는 안 된다.

제9조　사랑에 대한 확신(사랑을 받을 수 있다는 희망) 없이는 연애를 할 수 없다.

제10조　탐욕은 흔히 집에서 연애를 추방한다.

제11조　결혼상대로 부끄러운 여자와 연애하는 것은 바람직하지 못하다.

제12조　진정한 사랑을 하고 있는 사람은 애인 이외의 다른 사람의 애무를 원하지 않는다.

제13조　사람들이 다 아는 연애는 영원히 지속되는 경우가 드물다.

제14조　너무 쉽게 성공한 연애는 쉽게 매력을 잃는다. 장애물이 연애를

더욱 가치 있게 한다.

제15조 사랑에 빠져 있는 사람이라면 누구나 사랑하는 연인을 보면 얼굴이 창백해진다.

제16조 남몰래 사랑하고 있는 사람을 우연히 만나면 온몸이 전율한다.

제17조 새로운 연애는 오래된 연애를 밀어낸다.

제18조 사랑할 가치가 있는 사람만을 사랑해야 한다.

제19조 식어 가는 사랑은 순식간에 사라지고 되살아나는 일은 드물다.

제20조 연애를 하는 사람은 항상 불안하다.

제21조 사랑은 항상 질투로 성장한다.

제22조 의혹과 섹스에서 생기는 질투 때문에 사랑은 더욱 커진다.

제23조 연애 감정에 깊이 빠질수록 점점 더 먹지도 자지도 못한다.

제24조 연애하는 사람의 모든 행동은 사랑하는 사람을 생각하는 일로 귀결된다.

제25조 진정한 사랑을 하는 사람에게는 연인을 기쁘게 하는 일보다 더 좋은 일은 없다.

제26조 사랑을 위해서는 못 할 일이 없다.

제27조 진정한 사랑이라면 상대에게 싫증을 낼 수 없다.

제28조 약간의 억측은 최악의 경우마저 의심하게 만든다.

제29조 쾌락을 즐기는 습성이 지나친 사람은 연애를 할 수 없다.

제30조 사랑에 빠진 사람은 잠시도 쉬지 않고 연인의 모습을 생각한다.

제31조 한 여자가 두 남자에게, 한 남자가 두 여자에게 사랑받는 것을 막을 수 있는 건 아무것도 없다.

마지막으로 〈사랑의 법정〉이 내린 판결문을 인용한다.

질의 : 부부 사이에도 진정한 연애가 존재할 수 있는가?
샹파뉴 백작부인의 판결 :
결혼한 부부에게는 연애의 효력이 미칠 수 없음을 선고한다. 사랑이란 어떤 필요에 의해 강요되는 일 없이, 모든 것을 조건 없이 서로 주고받는 것이다. 그러나 부부는 서로 상대의 의사를 따라야만 하고 서로 무슨 일이든 거부할 수 없는 의무로 결합되어 있기 때문에 순수한 연애는 불가능하다. 판결은 다수의 귀부인 의견에 입각해서 지극히 신중하게 내려진 결정이므로 불변하고 거부할 수 없는 진리로서 준수해야 한다.

1174년 5월 3일

연애에 대한 100가지 상식

1. 사람은 성격만 빼고는, 고독 속에서 모든 것을 얻을 수 있다.
2. 일상에서 느끼던 기쁨과 고통이 어느 날 갑자기 느껴지지 않는다면, 당신은 사랑에 빠진 것이다.
3. 정숙한 척하는 것도 탐욕의 일종이다. 그것도 가장 최악의 탐욕이다.
4. 인생에 대한 실망과 불행을 오랜 동안 처절하게 겪고 나면 강인한 성격을 갖게 된다. 그렇게 되면 사람은 끝없는 욕망을 갖거나, 아니면 아무것도 바라지 않게 된다.
5. 상류사회에서 볼 수 있는 연애는 결투를 위한 것이 아니면 도박을 위한 것뿐이다.
6. 취미적인 연애를 하는 사람에게는 상대의 정열적인 사랑의 숨결만큼 혐오스러운 것이 없다.

7. 여자들의 가장 큰 결점, 남자라면 누구나 불쾌해할 결점은 남의 말에 너무 신경 쓴다는 것이다. 대중이라는 것은 원래 남의 이야기에 대해서는 저속한 생각밖에 하지 않는다. 여자들은 이런 대중의 평판을 최고의 판단기준으로 삼는다. 지적이고 현명한 여자조차도 자신이 그렇다는 것을 깨닫지 못한다. 심지어 그 반대라고 큰소리 친다.

8. 남편으로는 무미건조한 사람을, 애인으로는 낭만적인 사람을 택하라. 소설《돈키호테》의 주인공 '돈키호테'와 그를 따르던 농부 '산초 판자'를 비교해 보라. 돈키호테는 키가 크고 얼굴이 창백하며, 산초 판자는 뚱뚱하고 혈색이 좋다. 돈키호테는 영웅주의와 기사도로, 산초 판자는 이기주의와 노예근성으로 똘똘 뭉쳤다. 돈키호테는 언제나 낭만적이고 감상적인 공상에 빠져 있는 동안, 산초 판자는 신중하고 치밀한 계획을 세운다. 돈키호테가 어제의 공상에서 깨어나려고 할 때, 산초 판자는 이미 오늘의 성곽을 쌓을 일로 마음이 분주하다.

9. 정열만큼 흥미로운 것은 없다. 계속해서 예상 밖의 일이 일어날 뿐만 아니라 자신조차도 잃어버린다. 취미적인 연애는 흥미로운 일이 없으니 얼마나 따분한가. 이런 연애는 무미건조한 일상생활과 다를 바 없이 모든 것이 타산적이다.

10. 여자는 항상 헤어질 무렵에는 애인에게 필요 이상으로 애교를 부

린다.

11. 이탈리아의 항구 도시 라벤나에 사는 여자들은 연애에 대해 매우 구체적인 교육을 받는다. 어머니가 열두 살 밖에 안 된 딸 앞에서 거리낌 없이 연인 때문에 절망하거나 황홀해하는 모습을 보인다. 이탈리아는 천혜의 기후 덕분에 여자들은 45세에도 여전히 매력적이며, 18세가 되면 대부분 결혼한다.

    어머니는 친구와 함께, 열두 살인 딸 앞에서 남편 아닌 다른 남자를 가리키며 말한다. "난 그 사람이 맘에 들어. 그 남자는 여자를 어떻게 사랑해야 하는지 잘 알거든" 하며 친구와 함께 마음껏 이야기를 나눈다. 또한 애인과의 낭만적인 산책 데이트를 할 때도 딸을 데리고 간다.

    이렇게 어머니와 동행하는 딸들은 때때로 어머니로부터 도움이 될 만한 이야기를 듣기도 한다. 어머니는 딸에게 실례를 들어가며 30분에 걸쳐 바람피운 연인을 맞바람으로 혼내 주려면 어느 때가 좋은지에 대해 토론하기도 한다.

12. 자신만만한 남자는 다음날 밤 연인과 밀회 약속이 있더라도, 흥분하여 아무 일도 못하는 남자와는 다르게 그 시간이 될 때까지 기분 좋게 보낸다. 이런 남자는 정열적인 연애 같은 건 하지 않는다. 정열적인 연애는 그런 남자들의 평온을 깨뜨리기 때문이다. 그들은 그러한 격정을 불행이라 생각할 뿐만 아니라 연인 때문에 안절부

절못하는 소심한 마음을 수치로 생각한다.
13. 상류사회의 남자들은 대부분 허영심과 불신이 많기 때문에 여자와 섹스를 하기 전까지는 사랑에 빠지지 않는다.
14. 너무 여린 남자에게는 여자가 너무 튕기면 결정작용이 일어나지 않는다.
15. 여자들은 쓸데없는 말을 잘 믿는다. "남들이 말하는 대로 전할 뿐이야."라고 말하는 어리석은 남자의 말이나 심술궂은 여자 친구의 말을 곧이듣는다.
16. 당신을 몹시 괴롭게 했던 여자, 오랫동안 당신을 잔인하게 짓밟았던 여자, 그리고 앞으로도 그렇게 당신을 힘들게 할 여자를 품에 안게 된다면 한없이 달콤한 행복감을 느낄 것이다.
17. 상대의 마음을 이해하고 사랑하기 위해서는 고독이 필요하다. 그러나 사랑에 성공하기 위해서는 움직여서 사람을 만나야 한다.
18. 거만하고 화를 잘 내는 남자는, 지독히 못생기지 않은 한 여자의 환상을 자극하고 강화하는 데 가장 적격이다. 물론 이런 성격의 남자를 여자가 익숙해지기란 매우 힘들다. 그러나 여자가 일단 이런 성격의 남자를 받아들이고 이해하고 나면, 그때는 다시 헤어질 수 없게 된다.
19. 남녀가 정열적인 사랑에 빠지면 가장 굳게 믿고 있는 일조차도 의심하게 된다. 그러나 사랑이 아닌 다른 일에 정열을 쏟고 있다면

스스로 한 번 확인한 것은 절대 두 번 다시 의심하지 않는다.
20. 질투로 어쩔 줄 모르는 남자가 여자에서 권태와 탐욕과 증오, 그리고 무정하고 독기 어린 정욕을 불태울 때, 나를 믿지 못해 냉대하는 그녀를 꿈꾸며 행복한 하룻밤을 보낸다.
21. 명예와 정의를 지켜야 한다는 결심이 잠결에 보이는 희미한 환영처럼 사라지는 것을 그대로 내버려둔다면, 그것이야말로 스스로를 망치는 지름길이다.
22. 어느 정숙한 부인이 별장에서 묵게 되었는데, 정원사와 한 시간 동안 온실 안에 들어가 있었다. 그러자 예전부터 그녀를 적대시했던 사람들은 그녀가 정원사를 애인으로 삼았다고 비난했다. 정숙한 부인은 이런 상황에서 사람들에게 어떻게 대답해야 좋을까 고민하다가 말했다. "평소 제 인격과 행동을 보시면 아실 거예요." 물론 그들의 생각이 맞을 수도 있다. 그러나 그녀의 정숙한 행동을 보지 않으려는 심술궂은 사람들은 그녀의 말을 믿지 않는다.
23. 한 남자가 자신의 애인이 연적에게 사랑받고 있다는 걸 알았다. 그러나 그 연적은 자신의 정열에 눈이 어두워, 사랑받고 있다는 사실을 깨닫지 못했다.
24. 남자가 여자에게 열렬히 사랑하고 있으면 있을수록, 사랑하는 여자의 손을 잡기 위해 그녀를 화나게 할지도 모르는 위험을 무릅쓰게 된다.

25. 한 여자는 한 남자를 열렬히 사랑하고 있었다. 그 남자도 분명 그녀를 사랑하고 있었지만, 그녀의 태도가 너무 예의 바랐기 때문에 그 남자는 그녀가 자신을 사랑하지 않는다고 생각했다. 그리고 자신에게 호의를 보이며 친절하게 다가오는 그녀의 친구에게 끌렸다. 그녀는 그것을 보고 괴로워하면서도 태도는 바뀌지 않았다. 그녀는 잠시라도 자신의 품위에서 벗어난 행동은 저속할 뿐만 아니라 평생 후회할 것이라고 생각했다.

26. 사포(Sappho : 기원전 612년경의 그리스 시인)는 연애에서 관능과 육체적 쾌락만을 찾았지만, 아나크레온(Anakreon : 기원전 570년경의 시인)은 연애에서 정신적인 기쁨을 찾았다. 고대에는 안전에 위협이 많았기 때문에 정열적인 연애를 즐길 여유가 없었다.

27. 감성이 풍부한 여인들이여! 그대가 사랑하는 남자가 진정 정열적으로 사랑할 만한 인물인지 알고 싶다면, 그의 젊은 시절이 어떠했는지 알아보라. 훌륭한 남자라면 인생 초기에 남들이 이해하지 못하는 것에 격정적으로 사로잡히기도 하고, 불행을 겪기도 한다. 밝고 온순한 남자, 안이한 행복에 만족하는 남자는 그대의 마음을 꽉 채워 줄 정도로 사랑할 줄 모른다.

28. 정열적인 연애에 빠지는 것은 확실히 미친 짓이다. 그러나 경계가 너무 지나쳐도 병이다. 내가 아는 미국 여자들은 너무나도 합리적인 사고방식으로 무장하였기에, 사랑이라는 인생의 꽃이 청춘들

사이에서 사라져 버렸다. 외국에서 여행 온 젊고 잘생긴 남자와 단둘이 있는데도 아무 일이 없는 여자는 장래 남편의 재산밖에 관심이 없다.

29. 프랑스에서는 아내를 잃은 남자는 우울해 보이지만, 남편을 잃은 아내는 즐겁고 행복해 보인다. 그러므로 결혼의 계약은 평등한 것이 아니다.

30. 사랑에 빠진 남자는 오직 자신의 연인에게만 집중한다. 이런 모습은 프랑스 남자들에게는 슬픔을 의미한다.

31. 모든 사람에게 사랑받는 사람일수록, 오직 한 사람에게 깊은 사랑을 받기 힘들다.

32. 어렸을 때는 정열이 자신의 삶을 해치는 경우라고 해도 부모의 정열을 흉내 낸다.

33. 남자가 여자의 자존심을 지켜 주어야 할 때가 있다. 여자가 경솔한 행동으로 여자답지 못할 때, 남자가 자신을 멸시하지 않을까 하는 두려움이 있다. 이때 남자는 여자의 자존심을 세워줘야 한다.

34. 진정한 사랑을 하는 사람은 죽음을 두려워하지 않는다. 죽음 역시 사랑과 바꾸어도 아깝지 않은 여러 가지 중의 하나로 생각하기 때문이다.

35. 남자가 사랑하는 여자에게 조금이라도 사랑이 남아있을 때에는 사랑하는 여자에게 감히 용기조차 낼 수 없다.

36. "이제는 사랑을 할 수 없을 것 같아요." 하고 어느 젊은 여자가 말했다. "미라보가 소피에게 보낸 편지를 보니 위대한 영혼 같은 건 없더군요. 비속한 사적 내용들이 너무 충격이었어요."

    그러나 실제 연애는 소설 속 연애와는 똑같지 않은 법이다. 상대 남자가 머릿속에서 어떤 상상을 하든, 당신이 2년 동안 몸을 허락하지 않았는데도 그의 마음이 변하지 않았다면 그를 믿어도 좋다.

37. 연애를 하고 있을 때 사람들이 비웃거나 비난하면 연애가 힘들어진다. 그러나 베니스에서는 고상한 일도, 나폴리에서는 유치한 일이 될 수 있다. 따라서 비웃을 만큼 이상한 일이라는 건 없다. 사람에게 즐거움과 행복을 준다면 그 어떤 것도 절대 비난할 수 없다. 이런 이유로 수많은 코미디와 하찮은 명예심이 생겨나는 것이다.

38. 어린아이는 눈물로서 원하는 것을 얻는다. 만약 부모가 자기 말을 들어주지 않으면 일부러 상처를 내기도 한다. 이에 반해 젊은 여자들은 자존심으로 스스로를 괴롭힌다.

39. 모든 사람들이 느끼고 있는 것이기에, 그만큼 잊기도 쉬운 사실이 있다. 감성적인 마음은 나날이 줄어들고, 세련된 사고방식만 늘어간다는 것이다.

40. 한 청년을 거만한 남자로 만들어 놓고서야 비로소 상대하는 여자가 있다. 그래야만 여자의 허영심이 만족되나 보다.

41. 어느 젊은 부인을 사랑하는 남자가 있었다. 그 부인은 남자에게

차갑게 대하며 예의상 손에 키스하는 것만을 허용했다. 남자는 이 정도의 작은 호의에도 세상에서 가장 큰 행복을 느꼈다. 그러나 그녀의 남편은 그녀에게서 겨우 천한 육체적 쾌락밖에는 느끼지 못했다.

42. 연인에게 품게 되는 환상은 다음 두 가지로 나눌 수 있다.

   첫째, 사랑이 열렬하고 성급하고 충동적이며, 곧 행동으로 만드는 환상이다. 이러한 환상은 겨우 24시간 기다린 것만으로도 초조해져서 괴로워하는 경우로, 참을성이 없는 것이 특징이다. 자신이 품은 환상을 실제로 얻지 못하면 화를 낸다. 객관적인 상황을 파악할 수 있으면서도 오히려 그 상황을 통해 더욱 불타오를 뿐이다. 환상이 그러한 상황을 즉각 자신의 현실에 동화시켜 유리하게 해석하기 때문이다.

   둘째, 사랑이 조금씩 서서히 불타오르지만, 시간이 흐를수록 객관적인 상황이 보이지 않게 되어 자신의 정열을 쏟아 붓는 것 외에는 관심이 없는 환상이다. 이러한 환상은 생각과 지식이 부족한 사람이 빠지게 될 위험이 크다. 이런 환상에 빠지면 상대에 대한 애정이 변할 줄을 모른다. 사랑의 병으로 죽어 가는 가련한 여자의 대부분이 이런 유형이다.

43. 여자들의 가장 나쁜 태도는, 있는 그대로의 모습을 보여 주지 못하고 공연히 고상한 척하는 것이다.

44. 괴테와 같은 독일의 문인들은 모두 어느 정도는 돈을 존중했다. 사람은 먹고살 만큼 벌지 못하면 늘 돈에 대해 생각하지만, 그 이상 돈을 벌게 되면 절대로 돈 생각해서는 안 된다. 그런데 어리석은 사람들은 괴테와 같은 사고방식이 왜 필요한지 이해하지 못한다. 일생 동안 오로지 돈만 생각하며 돈의 노예가 되어 살기 때문이다. 돈에 대한 정상적인 원리를 이해하지 못하는 사람들 때문에 영혼이 숭고한 사람이 세상에서 환영받지 못하는 것이다.

45. 욕망은 속박하면 커지고, 풀어 주면 작아진다.

46. 청년들이 공허한 토론에 정신이 팔려 연애할 시기를 놓치는 경우가 있다. 마치 나폴레옹이 프랑스에 얼마나 공헌했는가를 토론하는 동안, 연애할 나이를 놓치는 것과 같다. 청춘을 즐기려고 마음먹었던 사람들도 남자들끼리 만의 이야기와 자신에게만 정신이 팔려서, 일주일에 한 번밖에 외출하지 않는 아가씨가 지나가는 것도 보지 못한다.

47. '정숙한 척하는 여자'에 대해 내가 하고 싶던 말을 호레이스 월폴의 글에서 발견했다.

"두 사람의 엘리자베스가 있었다. 한 사람은 러시아 전제군주의 딸인 엘리자베스로, 여왕으로서 절대 권력을 갖고 있었으며 왕위 경쟁자나 적을 용서하는 도량이 있었다. 또한 그녀는 여왕이라면 신하들에게 항상 매력을 잃지 말아야 한다고 생각했다.

또 다른 한 사람은 영국의 엘리자베스 여왕으로, 메리 스튜어트의 도전도 그녀의 매력도 용서할 수 없었다. 그래서 그녀가 도움을 청했을 때도(조지 4세가 나폴레옹에게 그랬던 것처럼) 무자비하게 투옥했다. 그 뿐만 아니라 그녀의 크고 작은 질투심 때문에 법의 승인도 없이 수많은 사람들을 희생시켰다. 또한 이 엘리자베스는 자신의 정절을 자랑하며 남자들의 관심을 끌었다. 자신의 나이는 생각하지 않고 갖은 교태를 부려 남자들의 환심을 사서 막상 남자가 접근하면 가까이 오지 못하게 하여 자신의 욕망도, 상대의 욕망도 만족시키지 못했다."

48. 남녀가 너무 가까워져도 결정작용이 깨져 버린다. 16세의 소녀가 매일 해질 무렵이면 지나가는 미소년을 창가에서 바라보았다. 그리고는 사랑에 빠졌다. 소녀 어머니는 그 소년을 초대해서 딸과 셋이 일주일간 시골 별장으로 여행을 갔다. 어머니는 딸을 위해 대담한 결정을 한 것이다. 소녀는 매우 로맨틱한 사람이었지만 소년은 평범했다. 결국 사흘이 지나자 소녀는 소년을 경멸하게 되었다.

49. 사교계에 처음 나온 청년은 대개 자신의 야심을 채우기 위해 연애를 한다. 온순하고 귀엽고 순진한 처녀에게 사랑을 속삭이는 일은 드물다. 여자 때문에 가슴 떨며 숭배할 일은 없다고 생각하기 때문이다. 하지만 이 무렵의 청년시절에는 어디 가서도 자랑할 수 있는 여자를 사귀고, 자신의 자존심을 세우기 바란다. 남자가 여자의 도

도함에 자포자기하고, 단순하고 순진한 여자에게 눈길을 돌리는 것은 나이가 들어서다. 그러므로 이 두 시기 사이에 오직 사랑밖에 생각하지 않는 진정한 연애가 있다.

50. 위대한 영혼은 내면에 감추고 있기 때문에 겉으로 드러나지 않는다. 설령 드러난다 해도 독특하게 보인다. 그러나 위대한 영혼은 사람들이 생각하는 것보다 많이 존재한다.

51. 남자가 사랑하는 여자의 손을 처음 잡는 그 순간은 얼마나 황홀한가! 이와 비교할 수 있는 유일한 행복은 장관이나 국왕이 경멸하는 척하는 그 권력의 행복 정도일 것이다. 권력의 행복에도 결정작용이 있지만, 그것에는 훨씬 냉정하고 이성적인 상상이 필요하다. 예를 들면 15분 전 나폴레옹에게서 장관에 임명된 남자를 상상해 보라.

52. 음(音)을 하나하나 듣기 위해 청신경이 긴장과 이완을 반복하는 것, 이것이 육체가 음악을 어떻게 즐기고 있는지를 잘 보여 준다.

53. 여자가 여러 남자를 동시에 만날 때, 여자의 품격을 떨어뜨리는 것은 자기 자신이 스스로 잘못을 저지르고 있다고 생각할 뿐만 아니라 다른 사람들도 그렇게 생각한다고 믿기 때문이다.

54. 당신은 지금 한 여자에게 정열을 품고 있고, 그녀에 대한 당신의 상상력은 풍부하다고 가정해 보자. 그런데 어느 날 밤 그 여자가 당신에게 수줍은 듯 떨리는 목소리로 "좋아요, 내일 정오쯤 오세요.

혼자 기다리고 있을게요."라고 말한다면 당신은 그날 밤 잠 못 이룰 것이다. 당신은 하루 종일 그녀와의 일 외에는 아무런 생각도 할 수 없다. 다음날은 마치 고문당한 것과 같은 시간을 보내며 그 시간을 기다린다. 그 시간동안 시계소리 하나하나가 당신의 횡격막을 파고들며 울릴 것이다.

55. 연애를 하는 남녀가 '돈을 나누어 가지면' 사랑이 커지지만, '돈을 한쪽이 가지고 책임 줘야 한다면' 사랑이 사라진다. 돈을 나누어 가지면 눈앞의 불행을 피할 수 있고 미래의 불안을 덜어 줄 수 있지만, 돈을 한쪽에서 가지고 책임 줘야 한다면 두 사람 사이에는 책략이 끼어들기 때문에 서로가 따로따로라는 심정이 생겨 공감을 파괴해 버린다.

56. 장교들이 제복으로 자신을 뽐내듯이, 가슴을 훤히 드러낸 여자들이 모인 궁정의 의식은 여성의 매력을 있는 대로 발산해도 좀처럼 감동이 생기지 않는다. 이 모든 것이 한 사나이(나폴레옹)의 마음에 들기 위한 짓이다. 모두들 도의심도 정열도 없는 행동으로 느껴진다. 더구나 어깨를 훤히 드러낸 여자들이 심술궂은 표정으로 바라볼 때에는 물질로 보상되는 개인적인 이해관계 외에는 여자들의 모습에서 사창굴이 떠오른다. 이런 여자들은 영혼을 만족시키기 위한 행동 따위는 필요 없다. 나는 이러한 상황 한복판에서 느껴지는 고독이 감수성이 풍부한 사람을 사랑으로 인도하는 것을 목격

한다.

57. 섹스를 할 때 부끄러워하거나 부끄러움을 극복하려고 정신이 쏠린다면 육체적 쾌락을 느낄 수 없다. 육체의 쾌락을 즐기고자 한다면 섹스에 집중해야 하고 다른 생각이 끼어들면 안 된다.

58. 자신의 이익을 위해 남자를 만나는 것인지, 진정으로 그 남자를 사랑하는지 알 수 있는 방법이 있다. 그것은 그와의 화해가 정말 기쁜지, 아니면 다만 화해함으로써 얻어낼 이익을 생각하고 있는지 곰곰이 생각해 보라.

59. 수도원에 모이는 가련한 사람들은 자살할 용기도 없었던 불행한 사람들이다. 그러나 우두머리의 쾌락을 맛보고 있는 수도원장은 제외이다.

60. 이탈리아 미인을 만나면 다른 나라 미인에게는 무감각해지기 때문에 불행한 일이다. 이탈리아가 아닌 나라에서는 남자끼리 이야기하는 것이 더 재미있다.

61. 진정한 정열의 행복을 모르는 여자는 부부생활이나 일상생활에서 그다지 불평이 없다.

62. 카멘스키가 내게 말했다. "자네가 정치적 야심을 하찮게 생각하는 건 알고 있네만, 내가 매일 밤 공작부인을 만나기 위해 그 먼 길을 말을 몰았던 시절에, 나는 한 전제군주와 가까운 사이였지. 나의 행복도 욕망의 만족도 모두 그녀의 손에 있었거든."

63. 당신이 열렬히 사랑하는 여자가 당신을 다정하게 바라보며 "나는 결코 당신을 사랑하지 않습니다."라고 말했는데도, 여전히 편지를 써서 사랑한다고 말하는 것은 그녀의 감정을 무시하는 태도이다.

64. 당신이 만약 강한 성격을 갖고 싶다면 타인이 자신에게 주는 영향을 경험해 봐야 한다. 그래서 타인이 필요한 것이다.

65. 파리 근교의 아름다운 저택에서 20세의 청년을 만났다. 그는 매우 미남이며 지적인데다가 부자였다. 그는 우연히 그 집에서 18세의 아름다운 아가씨와 단둘이서만 오랫동안 지냈다. 그녀는 지혜롭고 재능이 풍부할 뿐만 아니라 부잣집 딸이었다. 그래서 많은 사람들은 두 사람이 열정적인 사랑이 싹틀 것이라고 생각했다. 그러나 그런 일은 전혀 일어나지 않았다. 두 남녀는 자존심이 강했기 때문에 자신이 얼마나 대단한 존재이며, 상대에게 얼마나 훌륭한 연인이 될 수 있는가만 생각했기 때문이다.

66. 에스파냐의 한 퇴직 장교의 부인은 젊고 아름다운 나르본 최고의 미인이었다. 그녀는 남편이 퇴직하자 남편과 함께 세상을 등지고 조용히 살고 있었다. 그런데 얼마 전, 남편이 한 오만한 남자의 뺨을 때려야만 하는 일이 생겼다. 그로인해 두 사람은 다음날 결투장에서 만났다. 그런데 그 장소에 퇴직 장교의 부인이 나타났다. 그 오만한 남자는 퇴직 장교에게 말했다. "아니, 왜 부인에게 우리 일을 떠들어댔지? 당신 부인이 우리의 결투를 막으러 왔잖아요."

하면서 화를 냈다. 그러자 부인은 말했다. "난 당신의 장례식에 참석하러 온 거예요." 결투 결과는 부인의 말대로 되었다. 남자가 아내에게 모든 것을 말할 수 있는 사람은 행복하다.

67. 사람들이 교양 있는 작품을 보러 극장에 가는 이유는 순간순간의 환상을 구하기 위함이 아니라 자신이 교양 있는 사람이라는 것을 다른 사람들에게(불행히도 옆자리에 아무도 없다면 적어도 자신에게) 과시하기 위함이다. 이것은 원래 나이 많은 사이비 학자들이 즐겼던 기쁨이었는데, 요즘에는 청년들이 그 즐거움에 빠져 있다.

68. 여자는 자기를 사랑해 주는 남자, 그리고 자기가 생명보다 사랑하고 있는 남자에게 당연히 마음이 끌린다.

69. 결정작용은 평범한 남자에게는 생기지 않는다. 가장 위험한 경쟁 상대는 평범함과 가장 거리가 먼 남자이다.

70. 진보된 사회일수록 '정열적인 연애'가 미개인의 '육체적인 연애' 만큼 자연스럽다.

71. 감수성이 풍부한 사람이 아니라면 열렬히 사랑하는 여자를 손에 넣어도 행복하지 않다. 아니, 애초부터 손에 넣는 것 자체가 불가능하다.

72. 언제나 성미가 까다로운 여자는 자기가 과연 행복한 길의 기준을 따르고 있는지를 반성해 봐야 한다. 또한 정숙한 척하는 여자는 용기가 부족한데, 그런 부족한 행위 속에는 어느 정도 치사한 복수심

이 섞여 있다.

73. 가장 행복한 것은 선의(善意)의 마음을 갖는 것이다. 그 다음은 스스로 거리낄 것 없이 젊고 아름다운 바람둥이 여자의 행복이다. 어느 날, 평판이 그다지 좋지 못했던 백작부인이 내게 말했다. "그래서 어쩌라는 거죠? 나는 젊고 아름다우며, 자유롭고 돈도 많아요. 이곳의 모든 여자들이 저처럼 살았으면 좋겠어요." 이 매력적인 백작부인은 유감스럽게도 내게 우정 이상의 것을 바라지 않았다.

74. 보통사람들이 생각하기에, 감옥에서 그나마 견디기 쉬운 시기가 있다면 몇 년간 감금 생활 끝에 출옥을 한두 달 앞두고 있을 때라 여긴다. 그러나 결정작용의 경우에는 그렇지 못하다. 마지막 달은 처음 3년보다 더 고통스럽다. 직접 감옥에서 목격한 사람에 따르면, 오랜 세월 감금되어 있던 죄수들이 오히려 석방을 불과 몇 달 앞두고 기다림에 지쳐서 죽는 경우가 많다고 한다.

75. 진정한 정열 때문에 하나가 된 것이 아니라면 영원히 정당성을 주장할 수 있는 결합이란 없다.

76. 풍속이 자유로운 나라에서 여자가 행복해지려면 성격이 단순해야 한다. 독일과 이탈리아에서는 이것이 가능하지만, 프랑스에서는 절대 불가능하다.

77. 터키인은 자존심 때문에 결정작용을 강화할 만한 것을 아내에게서 모두 빼앗아 버렸다. 영국도 귀족들은 자존심 때문에 얼마 안 있어

터키인처럼 될 것 같다. 귀족계급의 자존심에 대한 광적인 집착을, 그들은 수치심이라 부른다. 그래서 현명한 사람들은 흔히 창녀에게로 도피한다. 즉, 그녀들은 너무나 확실한 죄로 수치심의 가식에서 해방되었기 때문이다.

78. 남녀 간의 연애가 너무 빨리 성공하면 오히려 사랑이 생기기 어려울 수도 있다. 그러나 섬세한 남자는 그 이후라도 결정작용이 시작하지만, 상대방 여자는 웃으면서 말한다. "아뇨, 난 당신을 사랑하지 않아요."

79. 포를리가 내게 말했다. "천박함은 내 상상력을 가로막기 때문에 난 천박한 여자라면 질색이야. 오늘 밤 아름다운 백작부인이 연인들이 보내 온 편지를 내게 보여 주었는데, 난 그것이 정말 천박하게 느껴지더군." 그러나 그의 상상력은 천박함 때문에 방해받은 것이 아니라 길을 잃었을 뿐이다. 사실은 질투 때문에 평범한 여자에 대한 상상력이 멈춘 것이다.

80. 무언가 해내려는 의지력은 곤란한 상황에서 용감하게 부딪치는 정신을 말한다. 그런 어려운 상황에 부딪친다는 것은 자신의 운명을 시험하는 일일 뿐만 아니라 도박을 거는 일이다. 하지만 이런 도박 없이는 살기 힘든 남자도 있다. 이런 남자들이 가정생활에 소홀하다.

81. 어느 장군은 상류사회 모임에서 가식적으로 잘난 체하는 여자를

만나면 왜 그런지 무뚝뚝해져서 말하기도 싫다고 한다. 그런 여자에게 자기감정을 진솔하게 털어놓았다는 사실이 나중에 생각해보면 수치심을 느낀다는 것이다. 그는 사람들을 만날 때 진심 어린 이야기가 아니면 아무 소용없다고 생각했다. 그런데 그는 너무 고상한 사람이어서 다른 사람들이 대화할 때 흔히 쓰는 유머도 전혀 몰랐다. 그래서 오히려 여자들이 보기에는 그가 더 이상하게 느껴졌다. 하늘은 그를 세련된 사람으로 만들지는 않았다.

82. 궁정에서는 비종교적인 것은 군주의 이익에 반한 것으로 생각하기 때문에 천한 것으로 여긴다. 또한 종교가 없는 젊은 아가씨에게는 남편을 찾는 데 방해가 되기 때문에 천한 것으로 생각한다. 아마도 신이 이런 이유로 칭송받고 있다는 것을 안다면 매우 즐거워 할 것이다.

83. 책에서 첫사랑에 대한 묘사를 읽으면 누구라도 비슷한 감동을 느낀다. 모든 계급, 모든 나라, 모든 성격을 막론하고 거의 똑같다. 따라서 첫사랑은 가장 정열적인 것이 아니다.

84. 남자가 여자와 섹스한 후에 남자 마음이 변하지 않을지를 알기 위한 판단 근거가 하나 있다. 그것은 여자가 몸을 허락하기 전, 여자에 대한 잔인한 의혹이나 질투, 사람들의 비웃음에도 불구하고 그 남자가 마음이 변하지 않았는지 생각해 보면 된다.

85. 애인이 죽은 후, 절망하여 그 뒤를 따라가려는 여자가 있다면 우선

그 결심이 타당한지 물어봐라. 만약 그 대답이 부정적인 답변이라면 인간의 관습에 호소라도 하여 자신의 삶에 대한 욕망을 자극시켜 주어라. 또한 그녀에게 적이 있다면 그 적이 그녀를 투옥하라는 왕의 명령을 얻었다고 말해라. 이러한 위협에도 그녀가 살고자 하는 욕망을 증대시키지 않는다면, 그녀는 감옥에 안 가려고 몸을 숨길 것이다. 그러면 그녀가 이쪽저쪽 도망다니며 몇 주일 숨어 있게 내버려 두었다가, 마침내 멀리 떨어진 마을에 숨어 살 수 있도록 주선해 줘라. 이때 주의할 점은 그녀가 절망을 경험한 마을과는 아주 멀리 떨어진 마을이 좋다. 그러나 이렇듯 불행한 여자를 도와줄 사람이 있을까?

86. 음악사전이란 것은 아직 만들어지지 않았다. 아니, 손도 대지 않고 있다. '화가 난다' 또는 '당신을 사랑합니다' 라고 하는 뜻의 악구(樂句)나 그런 느낌이 나는 악구를 만들어 내는 것은 우연에 맡기고 있다. 작곡가가 그런 악구를 표현하려면 마음속에서 느끼는 정열이나 기억의 소리를 적어야 한다. 청춘의 불꽃을 느끼지도 못하고 공부에만 시간을 보내는 사람들은 예술가가 될 수 없다.

87. 쾌락이란 인간의 마음이 느끼는 것을 좋아하는 모든 지각을 말한다. 지금 이 순간 느끼는 것보다 잠자기를 원한다면 그것은 분명히 고통일 것이다. 사랑의 욕망은 고통이 아닌 쾌락이다. 육체적 쾌락은 시간이 지날수록 고통이 커지지만, 정신적 쾌락은 정열에 따라

시간이 흐를수록 더 커지거나 작아진다. 천문학을 6개월간 연구하면 천문학이 점점 더 좋아지고, 구두쇠 노릇을 1년간 하다보면 점점 더 돈이 좋아지는 것과 같다.

특별한 고통이나 기쁨이 없었던 남자가 쾌락을 느낀 경우와, 심한 고통 속에서 있었던 남자가 고통에서 해방된 경우를 생각해 보자. 그때 두 사람이 느끼는 쾌락은 과연 똑같을까? 나는 '아니다' 라고 생각한다. 쾌락이라는 것이 고통이 정지함으로써 생겨나는 것이 아니기 때문이다.

행복이란 것은 정의가 필요 없다. 행복은 누구나 다 알고 있다. 예를 들어 열두 살에 처음으로 사냥에 성공했던 일, 열일곱 살에 첫 전투를 무사히 마친 일 등등. 그러나 고통의 정지에 불과한 쾌락은 급속히 사라져 버릴 뿐만 아니라 수년이 지나서도 별로 즐겁지 않다.

가난하게 살던 한 남자가 갑자기 복권에 당첨되었다. 이 남자는 가난할 때 그토록 간절히 바라던 것들을 더 이상 원하지 않았다. 복권이 당첨된 후 새롭게 맛보는 모든 쾌락은 앞으로 맛보게 될 새로운 쾌락을 미리 상상하게 한다. 그러나 특이한 예외도 있다. 즉, 복권에 당첨된 이 남자가 평상시에 얼마나 많은 재산을 갖기를 원했는가에 따라 다르다. 만약 부자가 되는 데 별 관심이 없던 사람이라면 오히려 복권 당첨이 당황스러워 며칠간 감정 수습이 어려울 것이지만, 반대로 부자가 되고픈 열망이 큰 사람이라면 평상시의 공상이 너무 지나쳐서 복권 당첨의 기쁨은 이미 소멸되었을 것이다.

이러한 불행은 정열적인 사랑에서는 절대 일어나지 않는다. 서로 사랑하는 동안 불타는 마음은 마지막에 성취할 것이 무엇인가를 미리 예상하지 않는다. 단지 지금 당장 다가올 일만 상상할 뿐이다. 만약 자신을 냉정하게 대하는 여자가 있다면 그 여자의 손을 잡을 생각만 한다.

남녀가 쾌락을 모두 맛보고 나면 무관심해지는 것은 분명하다. 그러나 이 무관심은 쾌락 이전의 무관심과는 다르다. 앞으로의 쾌락은 다시 맛볼 수 없는 기쁨이기 때문이다. 쾌락을 맛보는 기관은 피곤을 느끼지만 상상력은 이미 충족된 욕망에 새로운 이미지를 제공한다. 그러나 쾌락이 절정에 달했을 때 조심하지 않으면 고통이 생긴다.

88. 남녀 간에 생각하는 육체적 연애와 육체적 쾌락이 절대로 똑같지 않다. 여자는 남자와 달리 사랑을 매우 귀중하게 생각한다. 15세에 연애소설을 읽은 뒤로, 여자는 자기도 모르게 정열적인 연애를 기대한다. 그리고 여자에게 위대한 정열을 바치는 남자가 있는지 없는지에 따라 자신의 가치를 평가한다. 이러한 기대는 철없는 소녀 시절에서 벗어나는 20세가 되면서 더욱더 커진다. 그런데 남자는 30세가 채 되기도 전에 벌써 사랑은 있을 수 없다든가, 우습기 짝이

없는 것이라고 생각한다.

89. 우리들은 여섯 살만 되면 부모가 걸어온 길을 똑같이 걸어야 행복하다고 믿는다. 넬라 백작부인의 어머니는 자존심 때문에 불행해졌다. 그리고 지금 그녀는 자기 어머니와 똑같은 광적인 자존심 때문에 벗어날 수 없는 불행 속으로 걸어 들어가고 있다.

90. 연애는 스스로 주조한 화폐로써 지불되는 유일한 정열이다.

91. 세 살 난 여자아이에게 어른들이 예쁘다고 추켜세우는 것이야말로 가장 해로운 허영심을 가르치는 교육이다. 아름답다는 것은 최고의 미덕이자, 이 세상을 살아가는 데 최대의 이점이며, 아름다운 옷을 입는 것이 곧 아름다워지는 것이라고 생각하게 만든다. 그러나 이런 어리석은 칭찬은 중산 계급에서나 통용될 뿐이다. 다행히도 상류계급에서는 겉모습에만 치중하는 것을 비천한 것으로 여긴다.

92. 1822년의 여론에서 보면, 30세의 남자가 15세의 여자를 유혹할 경우 비난당하는 쪽은 여자이다.

93. 보통 사람들도 사랑을 이야기하고, 거만하고 잘난 체하는 남자도 자기의 사랑을 이야기한다. 그러나 이 둘 사이의 공통점은 '사랑'이라는 단어밖에 없는 것 같다. 그러나 이 둘은 음악회를 사랑하는 것과 음악을 사랑하는 것만큼 다르다. 화려한 사교계에서 하프를 연주함으로써 얻는 허영심의 만족을 사랑하는 것과, 애정이 깊고

고독한 까닭에 소심하게 몽상을 사랑하는 것만큼이나 다르다.

94. 사랑하는 여자를 만난 뒤로는 어떤 여자를 보아도 눈에 들어오지 않는다. 심지어 다른 여자를 볼 때 눈에 고통이 느껴지기까지도 한다.

95. 인간 본연의 자연스러움과 친밀함은 정열적인 연애에서만 볼 수 있다. 다른 종류의 연애에서는 자기보다 소중하게 대접받고 있는 연적이 있을지도 모른다고 느끼기 때문이다.

96. 인생이 싫어져서 죽으려고 독약을 마시는 사람은 이미 정신적인 것은 죽어 있다. 물론 예외는 있을지 모르지만, 자기가 해 온 일이나 앞으로 경험할 일에 대한 두려움을 느낀 나머지 이제는 아무 일에도 관심을 가질 수 없게 된 것이다.

97. 어느 날 해군대령에게 이《연애론》을 보여 드렸더니 그는 말했다. "연애처럼 쓸데없는 일에 몇 백 페이지나 할애하며 무슨 중대한 일이라도 되는 것처럼 떠드는 것만큼 우스운 일은 없다." 그러나 이 쓸데없는 일이야말로 강한 영혼을 감동시킬 수 있는 유일한 무기인 것이다.

98. 다음은 내가 받은 프랑스어 편지의 일부분이다. 이런 편지를 쓸 정도로 지적인 여자를 이해할 수 있는 남자는 별로 없을 것이라고 생각하면서 여기에 옮겨 본다.

"섬세한 감성에 무감각하고 소심하며, 금전욕이나 훌륭한 말 몇 필을 가졌다는 자부심, 육체적 욕망 같은 비천한 이익에만 정열을 느끼는 사람과만 연애했던 여자라면 사랑에 열정적인 사람이 하는 행동이 무례하게 느껴집니다. 그런 사람은 무한한 상상력으로 사랑만을 소중히 생각하며 다른 것에는 관심이 없는 사람이지요. 통속적인 남자라면 스스로 하지 않고 주위의 상황에 맡기고 말 것을, 늘 성급하게 나서서 무엇인가를 하지 않고서는 견딜 수 없는 그런 사람이지요. 이런 사람의 행동은 소위 여자들의 자존심에 상처를 입힐지도 모릅니다. 이런 사람과 함께 있으면 당황하고 놀랄 수도 있습니다. 그 감정은 전에 만나던 남자에게서는 느끼지 못했던 감정입니다. 그리하여 연애의 여러 국면을 겪어 봐야만 가질 수 있는 마음의 여유가 없고 거만하기까지 한 여자라면, 이러한 감정을 무례함과 혼동하게 되는 것입니다."

99. 블라유의 조프레 뤼델은 영주이자 대귀족이었다. 그는 안티오크에서 온 사람에게서 트리폴리의 한 미망인 공작부인에 대해 들었다. 그녀는 재산도 많고 매혹적인 여자라는 것이었다. 이 말을 들은 그는, 그녀를 한 번 보지도 않고 사랑에 빠져 그녀를 위해 아름다운 노래를 만들었다. 그는 마침내 그녀를 만나기 위해 십자군에 참가하여 그녀가 있는 곳을 향하는 배에 올랐다. 그런데 배 안에서 중병에 걸려 거의 죽기 직전에 이르렀다. 그의 동료들은 그를 트리폴리까지 데리고 가서, 시체나 다름없는 그를 어느 여관에 맡겨 놓

았다. 사람들은 이 소식을 그녀에게 알렸고, 그녀는 그에게 찾아와 그를 안아 주었다. 그러자 그가 깨어나 그녀의 모습을 보고 목소리를 들었다. 그는 신에게 그녀를 볼 수 있을 때까지 생명을 연장해 준 것에 감사했다. 이렇게 해서 그는 그녀의 품에 안겨 죽었고, 그녀는 그의 유해를 트리폴리의 사원에 안장했다. 그리고 그의 죽음을 깊이 슬퍼하며 그날부터 수녀가 되었다.

100. 허친슨 부인의 《회상록》에도 내가 '결정작용' 이라고 부르는 특이한 광기의 증거가 있다.

"그는 허친슨에게 어떤 신사에 대한 실화를 들려주었다. 그 신사는 잠시 체류할 예정으로 리치먼드에 왔는데, 만나는 사람마다 모두 전에 그 마을에 살았던 한 귀부인의 죽음을 애도하고 있었다. 그는 사람들이 너무들 애통해하므로 어떤 여자냐고 물었다. 그는 이야기를 다 듣고 나자 그 역시 그녀에게 반해 버렸을 뿐만 아니라 그녀의 이야기 외에는 아무것도 듣고 싶지 않았다. 그리고 그녀의 발자취가 남아 있는 산에 올라가, 하루 종일 그곳에 누워 그녀의 발자국에 입을 맞추며 한탄하며 하루를 보냈다. 마침내 수개월 후, 죽음이 그의 고통을 끝나게 해 주었다. 이 이야기는 실화이다."

연애 관련 명언

남녀

- 가장 큰 즐거움은 남자에게는 여자의 허영심을 만족시키는 것이지만, 여자에게는 남자의 허영심에 상처를 입히는 것이다. - 버나드 쇼
- 길에서 위기가 닥치면 남자는 자기 지갑을, 여자는 거울을 본다. - M. 턴불
- 남자는 마음이 전부지만 여자는 육체가 전부다. 눈에 보이지 않는 여자는 죽은 여자다. - A. 비어스
- 남자가 첫 잔을 들 때와 여자가 마지막 잔을 들 때에는 그 뒤에 무슨 일이 벌어질지 아무도 모른다. - O. 헨리
- 남자는 수치심 때문에, 여자는 남자를 위해 목숨을 바친다. - 니치렌

- 남자는 여자가 정숙하기 때문에 외도하지 않지만, 여자는 필요에 따라 정숙하다. - E. W. 하우
- 남자는 여자를, 여자는 남자를 흙탕물에서 낚았는데 그들이 사용한 미끼는 술이었다. - W. 로던스타인
- 남자들은 언제나 여자의 첫사랑이 되기를 바라는데 그것은 어리석은 허영심이다. 여자들은 남자의 마지막 애인이 되고 싶어한다. - 와일드
- 남자의 맹세는 여자를 배신한다. 그것은 여자를 유혹하는 미끼다. - 셰익스피어
- 남자의 침대는 그의 요람이지만, 여자의 침대는 그녀의 고문대인 경우가 많다. - J. 더버
- 대부분의 여자는 다른 여자들을 적으로 여기지만, 남자는 다른 남자를 동맹자로 여긴다. - F. G. 버제스
- 모든 여자는 어떠한 종류의 아첨에도 넘어가고, 모든 남자는 각자가 좋아하는 아첨에 넘어간다. - 체스터필드
- 복수와 사랑의 경우 여자가 남자보다 더 야만적이다. - 니체
- 여자는 전 남편을 미워했기 때문에, 남자는 전 부인을 몹시 사랑했기 때문에 재혼한다. 여자는 자기 행운을 시험하고, 남자는 모험한다. - 와일드
- 여자에게 구애하지 못하는 남자는 그에게 구애하는 여자에게 장악

되기 쉽다. - W. 배젓
- 이성 사이의 싸움에서 경솔함은 남자의 무기고, 복수심은 여자의 무기다. - C. V. 코널리
- 하느님이 남자가 되었다고 한다면 악마는 여자가 되었다. - V. 위고

남자

- 남자는 경쟁자가 질투하는 모습을 가장 심하게 보여준다.
  - J. C. 헤어
- 남자는 여자 피부의 아름다움 때문에 여자를 사냥한다. - 테니슨
- 남자는 해부학을 공부하고 적어도 한 여자를 해부해 보기 전에는 결혼해서는 안 된다. - 발자크
- 남자다운 남자가 되려면 굴복해서는 안 된다. - 에머슨
- 남자들이 가장 사랑하는 것은 뛰어난 미인들이 아니다. - 서양 속담
- 남자들은 자기가 믿고 싶어하는 것을 쉽게 믿는다. - 카이사르
- 대부분의 남자는 창녀인 처녀를 바란다. - E. 달버그
- 사나이가 되려면 위협을 거부하는 사람이 되어야만 한다. - 에머슨
- 사랑에 빠지면 남자는 그 어느 때보다 더 많이 참고 견딘다. 그는 모든 것에 굴복한다. - 니체

- 사랑을 위해 결혼하는 것은 약한 남자다. - S. 존슨
- 육체적으로 남자가 남자 구실을 하는 기간이 여자가 여자 구실을 하는 기간보다 훨씬 더 길다. - 발자크
- 일반적으로 남자는 멋진 다리를 가진 여자보다 자기에게 관심을 보이는 여자를 더 좋아한다. - M. 디트리히
- 재산이 많은 독신 남자에게 아내가 반드시 필요하다는 것은 보편적으로 인정된 진리다. - J. 오스틴
- 집에 있는 남자 한 명은 길거리에 있는 남자 두 명과 맞먹는다. - M. 웨스트

여자

- 가장 아름답고 가장 치장을 잘한 여자는 겸손의 옷을 입은 여자다. - J. 몽고메리
- 가장 어리석은 여자도 영리한 남자를 조종할 수 있다. 그러나 바보 남자를 조종하려면 여자가 매우 영리해야만 한다. - R. 키플링
- 결혼 다음으로 여자가 좋아하는 것은 가끔 연애사건에 약간 말려드는 것이다. - J. 오스틴
- 낙원에서 남자를 끌어낸 사람이 여자라면, 그곳으로 다시 데리고 들

어갈 수 있는 사람도 역시 여자뿐이다. - E. 허버드
- 남자는 자신이 나이 먹었다고 느끼는 그만큼 늙고, 여자는 겉으로 보이는 그만큼 늙은 것이다. - M. 콜린스
- 남자들이 도덕에 대한 정신의 승리를 드러내듯, 여자들은 정신에 대한 육체의 승리를 드러낸다. - 와일드
- 다이아몬드는 여자의 가장 좋은 친구다. - A. 루스
- 대부분의 여자들은 허리가 가늘지만 그들의 욕정은 한이 없다. - C. 터너
- 도박과 여자와 술은 왕자를 얼마든지 거지로 만든다. - C. H. 스퍼전
- 매혹된 애인에게 하는 여자의 말은 바람과 강물 위에 쓴 글과 같다. - 카툴루스
- 맷돌과 여자는 언제나 무엇인가를 바란다. - M. 구아초
- 사랑은 남자의 삶에 있어서 그리 대단치 않은 것이지만, 여자에게는 일생 그 자체다. - 바이런
- 순결의 힘이 미녀를 순결하게 만들기보다는 미모의 힘이 순결한 여자를 창녀로 만들기가 더 쉽다. - 셰익스피어
- 여자는 자기를 매혹시키는 사람에게 약하지만 자기를 사랑하는 사람에게 항상 돌아간다. - H. F. 베크
- 여자는 처음 연애할 때는 애인을 사랑하고 그 다음의 연애에서는 정사를 사랑한다. - 라로슈푸코

- 여자의 머리카락 한 올은 황소 백 마리보다 더 많은 것을 끌어당길 수 있다. - J. 하우얼
- 여자의 안내자는 이성이 아니라 변덕이다. - G. 그랜빌
- 여자의 질투와 고집쟁이의 분노를 달랠 수 있는 마술은 없다. - G. 그랜빌
- 여자들은 이제 남자들과 조금도 다르지 않기 때문에 남자들과 평등하다. - 에리히 프롬

연애

- 술은 연애와 같다. 첫 번째 키스는 너무나 황홀하고, 두 번째 키스는 친밀하고, 세 번째 키스는 습관적이며, 그 다음에는 여자의 옷을 벗기는 일이다. - R. 챈들러
- 여자가 20년 동안 연애를 하면 폐허처럼 보이고, 20년 동안 결혼생활을 하면 공공건물처럼 보인다. - 와일드
- 연애가 이루어지려면 두 사람이 필요한데, 남자의 이익은 여자의 손해가 되는 경우가 많다. - 서머싯 몸
- 연애가 없는 소설은 겨자를 바르지 않은 비프스테이크와 같이 맛없는 요리다. - A. 프랑스

- 연애와 결혼의 관계는 매우 재미있는 서막과 매우 지루한 연극의 관계다. - W. 콩그리브
- 위대한 연애편지를 받는 사람은 오로지 위대한 여자들뿐이다.
  - E. 허버드
- 이 혁명, 즉 궁정연애의 출현에 비하면 르네상스는 문학의 수면에 나타난 잔물결에 불과하다. - C. S. 루이스
- 책의 수집은 연애 다음으로 가장 유쾌한 오락이다.
  - A. S. W. 로젠바흐

사랑

- 거절당한 사랑보다 더 큰 슬픔은 없고 성취된 사랑보다 더 큰 기쁨은 없다. - R 호비
- 결혼은 사랑의 생명을 연장하는 과정이 아니라 사랑의 시체를 미라로 만드는 과정이다. - P.G. 워드하우스
- 결혼을 신성하게 만들 수 있는 것은 오로지 사랑뿐이고 진정한 결혼은 오로지 사랑이 신성하게 만든 것뿐이다. - 톨스토이
- 남을 사랑하는 사람은 사랑을 받고 미워하는 사람은 미움을 받는다.
  - 묵자

- 대개 사랑이 깊으면 도리어 원수가 되고, 사소한 은혜도 경우에 들어맞으면 큰 기쁨이 된다. - 채근담
- 돈에 대한 사랑이 모든 악의 뿌리라고 한다. 돈이 없는 것도 역시 마찬가지다. - S. 버틀리
- 동물들과 아이들을 지나치게 사랑하면 사람들을 덜 사랑하게 된다. - 사르트르
- 미인은 그 미소보다 눈물이 더 사랑스럽다. - 캠벨
- 부모를 사랑하는 사람은 남이 미워하지 못하고 부모를 공경하는 사람은 남이 멸시하지 못한다. - 소학
- 사람은 누구나 가난, 사랑, 전쟁을 알기 전에는 인생의 맛을 전부 맛보지 못한 것이다. - O. 헨리
- 사랑과 욕망은 위대한 행동으로 날아가는 정신의 날개다 - 괴테
- 사랑과 웃음이 없다면 기쁨도 없다. 사랑과 웃음 속에서 살라. - 호라티우스
- 사랑에 빠지면 남자는 그 어느 때보다 더 많이 참고 견딘다. 그는 모든 것에 굴복한다. - 니체
- 사랑은 굶어서 죽는 일은 결코 없어도 소화불량으로 죽는 경우는 많다. - 랑클로
- 사랑은 그림자같이 실체가 없고 쫓아가면 달아나며 달아나면 쫓아온다. - 셰익스피어

- 사랑은 끝없는 신비다. 아무것도 사랑을 설명할 수 없기 때문이다. - 타고르
- 사랑은 마음의 요구로 시작하지만 마음의 요구로 물러가지는 않는다. - P. 시루스
- 사랑은 삶을 죽음에서 구할 수는 없지만 삶의 목적을 달성시킬 수는 있다. - 토인비
- 사랑은 싱싱할 때는 달지만 단물이 다 빠지면 써서 뱉어버려야 하는 코코넛과 같다. - 브레히트
- 사랑은 언제나 이별의 시간이 오기까지는 자신의 깊이를 모르게 마련이다. - K. 지브란

키스

- 나는 그녀와 키스하고 있던 것이 아니라 그녀의 입에 속삭이고 있었다. - 치코 마르크스
- 노래를 부르는 것은 즐거운 일이지만 입술은 키스할 수 없을 때에만 노래한다는 사실을 명심하라. - 제임스 톰슨
- 대통령은 사람들 뺨에 키스하는데 대부분의 시간을 보낸다. 그것은 그들이 키스를 받지 않고 해야만 하는 일을 키스를 받은 뒤 하도록

하려는 것이다. - 해리 S. 트루먼
- 수염이 없는 키스는 소금 없는 달걀과 같다고 한다. 나는 악이 없는 선이라고 덧붙이고 싶다. - 사르트르
- 어머니에게 키스하는 자녀들도 있고 비난하는 자녀들도 있지만 그것은 모두 똑같은 사랑이다. 대부분의 어머니들은 자녀들에게 키스도 하고 야단도 친다. - 펄 S. 벅
- 우는 처녀의 입술에 하는 키스가 가장 감미롭다. - 클라우디아누스
- 입술의 키스는 마음에 도달하지 못하는 경우가 많다. - H. G. 본
- 입술은 경멸이 아니라 키스를 위해 만들어진 것이다. - 셰익스피어
- 재혼은 첫 남편을 죽인 여자만이 하는 것이다. 재혼의 동기는 사랑이 아니라 물욕이다. 새 남편이 여자를 침대에서 키스할 때 그 여자는 전 남편을 두 번 죽이는 셈이다. - 셰익스피어
- 칭찬은 베일을 통한 키스와 같다. - 위고
- 키스는 사랑의 열쇠고 때리는 것은 자물쇠다. - 로버트 번스
- 키스는 열쇠다. 음탕한 키스는 죄의 열쇠다. - 존 클라크
- 키스는 오래 가지 못하지만 요리법은 길이 남는다. - 조지 메러디스
- 키스와 호의는 달지만 키스에는 가시가, 호의에는 침이 들어 있다. - 로버트 헤릭
- 키스하는 소리는 대포소리보다 크지는 않지만 더 오래 남는다. - 올리버 웬델 홈스

- 훌륭한 웅변가는 말문이 막히면 침을 뱉는다. 연인들은 말문이 막히면 키스하는 것이 가장 좋은 모면책이다. - 셰익스피어
- 하디 함장, 내게 키스해 다오. - 넬슨, 마지막 말
- 치즈가 들어 있지 않은 사과 파이는 건성으로 하는 키스와 같다. - 서양 속담
- 유모 때문에 아이에게 키스하는 사람이 많다. - 영국 속담

섹스(성)

- 맛, 섹스, 소리, 아름다운 형태에서 오는 즐거움 이외에 세상의 좋은 것을 생각해낼 수가 없다. - 에피쿠로스
- 의무감 때문에 냉정하고 무미건조하게 섹스에 응하면서 바느질 생각을 하는 여자는 지긋지긋하다. - 오비디우스
- 나이가 많은 여자들이 섹스를 잘한다. 그들은 그것이 마지막 섹스일지도 모른다고 생각하기 때문이다. - J. 플레밍
- 남녀가 서로 사랑하여 섹스하는 것은 자연스러운 일이다. 섹스가 없는 사랑은 현실이 아니라 공상이다. - 구니키타 도포
- 문명인들은 사랑 없이는 성욕을 완전히 충족시킬 수 없다. - 러셀
- 불만족스러운 섹스보다는 섹스를 안 하는 것이 더 낫다. - G. 그리어

- 비밀은 그 소유자에게 유리한 무기이다. 사람은 신의 비밀이고, 권력은 남자의 비밀이며, 섹스는 여자의 비밀이다. - J. 스티븐스
- 섹스는 남자와 여자 사이의 관계인데 자녀들의 합법성을 확보하려는 욕망 때문에 왜곡되었다. - 러셀
- 섹스의 쾌감과 종족의 번식력이 미덕을 갖춘 사람들에게만 부여된다면 세상은 매우 좋아질 것이다. - J. 보스웰
- 섹스의 쾌감은 짧고 체위는 우스꽝스럽고 비용은 엄청나다. - 체스터필드
- 신이 우리가 그룹 섹스를 하기를 원했다면 우리에게 더 많은 성기를 주었을 것이다. - M. 브래드버리
- 우리는 목마르지 않을 때도 마시고 일 년 내내 섹스를 한다. 그것이 다른 동물과 다른 점이다. - 보마르셰
- 원하지 않는 섹스를 참고 견디는 경우는 창녀들보다 결혼한 여자들이 더 많다. - 러셀
- 책임이 없는 섹스는 없다. - 롱퍼드

쾌락

- 가장 좋다고 여겨지는 것은 재산, 명성, 쾌락이다. - 스피노자

- 가장 짧은 쾌락이 가장 감미롭다. - M. F. 터퍼
- 과도한 쾌락은 우리의 건강을 해친다. - 파스칼
- 미덕을 실천하는 사람은 살아있지만, 쾌락에 빠져 의무를 저버린 자는 살아있는 것이 아니라 목숨을 이어갈 뿐이다. - R. 앤트림
- 방탕한 자란 너무 정직하게 쾌락을 추구하다가 쾌락을 앞질러버리는 불행을 만난 사람이다. - A. 비어스
- 사람은 쾌락을 누리기 위해 재산을 갈망한다. - 키케로
- 사람의 쾌락에서 쾌락으로가 아니라 희망에서 희망으로 자연히 날아간다. - S. 존스
- 육체의 쾌락을 단죄하는 종교는 사람들을 권력의 쾌락으로 내몬다. 역사적으로 보면 권력은 금욕주의자의 악습이었다. - 러셀
- 음악은 유일하게 악습을 동반하지 않는 감각적 쾌락이다. - X. 존스
- 지혜로운 사람은 쾌락을 물리치지만 어리석은 사람은 쾌락의 노예가 된다. - 에픽테투스
- 쾌락과 복수심은 올바른 판단에 대해 독사처럼 귀머거리이다. - 셰익스피어
- 쾌락에 고통이 따르지 않는다면 누가 그것을 멀리하겠는가? - S. 존슨
- 쾌락은 그 자체가 죄악은 아니다. - S. 존슨
- 쾌락을 사랑하는 사람은 분명히 쾌락 때문에 파멸한다. - C. 말로

- 쾌락이란 고통의 일시중지에 불과하다. - J. 셀던
- 현자들이 아무리 많은 지혜를 쏟아낸다 해도, 쾌락보다 더 엄한 도덕가는 없다. - 바이런

부부(夫婦)

- 가장 조용한 남편은 가장 난폭한 아내를 만든다. - 디즈레일리
- 결혼생활에서 제일 좋은 것은 부부싸움이고 나머지는 그저 그렇다. - 손턴 와일더
- 결혼은 부부를 한 몸으로 만들지만 그들을 여전히 두 명의 바보로 남겨둔다. - 윌리엄 콘그리브
- 그 남편에 그 아내이다. - 테니슨
- 교활한 아내는 남편을 자기 행주치마로 만든다. - 영국 속담
- 남편에게 가장 기쁜 날은 결혼하는 날과 자기 아내를 땅에 묻는 날이다. - 히포낙스
- 남편은 두레박, 아내는 항아리다. - 한국 속담
- 남편은 아내의 주인, 생명, 수호자, 머리, 군주다. - 셰익스피어
- 남편을 주인으로 모시지만 배신자처럼 경계하라. - 몽테뉴
- 남편이 훌륭하면 아내도 훌륭하다. - 영국 속담

- 모든 부부는 남편과 아내 가운데 어느 한쪽은 반드시 바보다.
  - 헨리 필딩
- 법이 지워준 짐인 아내를 자기 재산처럼 사랑해야 한다. 그러나 나는 내 재산마저도 영원히 사랑하고 싶지는 않다. - 페트로니우스
- 부부가 서로 상대방에게 지는 빚은 무한한 것이다. - 괴테
- 부부는 같은 숲에 깃든 새와 같다. - 풍몽룡
- 부부라고 해서 모두 짝은 아니다. - 서양 속담
- 부부란 괴상한 동물이다. - 헨리 필딩
- 부부싸움은 하룻밤을 넘기지 마라. - 유림외사
- 부부의 경우처럼 육체와 정신은 함께 죽기로 합의한 적이 결코 없다. - 찰스 C. 콜턴
- 부창부수(夫唱婦隨), 남편이 말을 하면 아내가 그 말을 따른다.
  - 천자문
- 아내는 남편의 결점들에 대해 하느님께 감사해야 한다. 결점이 없는 남편은 위험한 감시자다. - 핼리팩스
- 아내는 남편의 최대의 행운이 아니면 최악의 불운이다.
  - 영국 속담
- 아름다운 아내를 둔 남편은 두 개 이상의 눈이 필요하다.
  - 영국 속담
- 애인들의 사랑이 식고 부부도 서로 미워하게 되지만 오로지 부모의

사랑만이 평생 동안 지속될 수 있다. - 로버트 브라우닝

- 어느 주전자나 자기 뚜껑을 만난다. - 서양 속담
- 어리석은 남편은 아내를 두려워하고 현명한 아내는 남편을 존경한다. - 강태공
- 이상적인 아내는 이상적인 남편을 가진 모든 여자다. - B. 타킹턴
- 임금은 신하의, 아버지는 자식의, 남편은 아내의 모범이 되어야 한다. - 명심보감
- 자기가 아는 것을 모두 아내에게 말해주는 자는 아는 것이 별로 없는 자다. - 토머스 풀러
- 자기 남편의 환심을 사려고 아양을 떠는 수많은 런던의 여자들은 참으로 꼴불견이다. 그것은 자기 속옷을 공개적으로 세탁하는 것과 같다. - 와일드
- 집안에서 억센 아내 밑에 단련된 남편들이 밖에서 가장 비굴하고 타협적이 되기 쉽다. - 워싱턴 어빙
- 하와는 아담의 머리에서 나온 것이 아니다. 그것은 그녀가 아담을 지배해서는 안 된다는 것을 보여주려는 것이다. - 링컨
- 해로동혈(偕老同穴), 살아서는 같이 늙고 죽어서는 같은 구덩이에 묻힌다. 생사를 같이 하자는 부부의 굳은 맹세다. - 시경
- 허리를 굽히는 것이 이기는 것이다. - 서양 속담
- 현명한 아내는 남편을 부귀하게, 어리석은 아내는 남편을 비천하게

만든다. - 명심보감

| 형제는 손발과 같고 부부는 옷과 같다. 옷은 낡아지면 새 옷을 구할 수 있지만 손발은 잘리면 다시 이을 수 없다. - 장자

| 황제마저도 아내의 눈에는 남편에 불과하다. - 바이런